*Juliette y los cien mil
fantasmas*

David Blanco Laserna

JULIETTE Y LOS CIEN MIL FANTASMAS

CÒD1L0
C13NC1A

1.ª edición: mayo 2011

© del texto: David Blanco Laserna, 2011
© Diseño e ilustración: Puño, 2011
© Grupo Anaya, S. A., Madrid, 2011
Juan Ignacio Luca de Tena, 15. 28027 Madrid
www.anayainfantilyjuvenil.com
e-mail: anayainfantilyjuvenil@anaya.es

ISBN: 978-84-667-9298-1
Depósito legal: M-16125/2011
Impreso en Anzos, S. L.
Avda. Cervantes, 51
28942 Fuenlabrada (Madrid)
Impreso en España - Printed in Spain

Las normas ortográficas seguidas son las establecidas
por la Real Academia Española en la nueva *Ortografía
de la lengua española,* publicada en el año 2010.

Índice

APÉNDICE

*Para mi prima Ana,
que ahuyenta los fantasmas*

MIÉRCOLES 15 DE OCTUBRE DE 1891

Si alguien decide meterse donde no le llaman y le da por curiosear en este diario, o lo pierdo, mi nombre es Juliette Doguereau.

Bueno, en realidad ya empiezo mintiendo. Mi verdadero nombre es Georgina Nicolasa Isaac, pero a ver quién suelta el trabalenguas de un tirón. Sobre todo cuando algún desconocido me sonríe sin saber lo que se le viene encima y me pregunta: «Oye, guapa, ¿cómo te llamas?». Una respuesta sincera me costaría un interrogatorio en toda regla y en serio que no merece la pena.

La ocurrencia fue de mi padre. De quién si no. Constantemente se le ocurren cosas, algunas geniales, otras no tanto. Lo mismo fabrica un mecanismo que monda naranjas al compás de un valsecito, que da con el nombre perfecto para arruinarle la vida a su hija mayor.

«Georgina» por Mendel, «Nicolasa» por Copérnico e «Isaac» por Newton. Para qué menos: sus tres ídolos científicos reunidos, por primera vez, en un solo nombre. En cuanto la matrona Blondet, que atendía el parto, me depositó en manos de papá, el pobre llegó a la conclusión de que yo sería un genio revolucionario. Vete a saber por qué. Y claro, debía procurarme un nombre a la altura de mi futura grandeza.

Hay amores que matan.

Mi madre puso el grito en el cielo y de ahí no se lo bajaba nadie. Solo dio su brazo a torcer a cambio de que la broma quedara entre nosotros y el cura que me bautizó, el viejo Lousteau, que era tartamudo y jamás podría revelar mi nombre estrafalario. Para el resto del mundo sería Juliette, tal y como ella siempre quiso llamarme.

Solo papá sigue en sus trece y me llama Quita. De Isaaquita.

O, más bien, me llamaba.

Han transcurrido ya cinco meses de su muerte y me sigue costando hablar de él en pasado: «solía, le gustaba, me decía, papá». Pretérito imperfecto, así explicaba él en la escuela esta conjugación de los verbos. Estaba equivocado. El pasado era perfecto. Son el presente y el futuro quienes ya siempre declinarán imperfectos.

El mundo se ha vuelto ese vacío que antes se abría solo unas horas, cuando él se ausentaba. Es como si el sol o las estrellas cayeran del cielo imitando al otoño en las hojas de los árboles.

Claro que las estrellas no pueden enfermar de viruela.

*　*　*

Mi padre es, era, el maestro de la escuela de Tissandier, un pueblecito minúsculo de Normandía que se asoma a una playa de guijarros blancos desde lo alto de un acantilado. Siempre decía que había que andarse con ojo con los niños, que son peligrosos, no porque armen bulla, que también, sino porque son incubadoras andantes, sacos de bacterias del señor Pasteur. Los críos nunca se dejan en casa el tirachinas, las tabas ni los microbios. A mediados de mayo pasado, trajeron en los bolsillos rotos las cartas para apostar en un juego mortal: una epidemia de viruela.

Un miércoles, papá llegó a casa cansado y se llevó la mano a la nuca. Le había mudado el color de la cara y le sudaba la frente. Mientras rebuscaba en el chaleco, a la caza de un pañuelo, sus ojos tropezaron con los míos. Me sonrió. Pero su alegría no era sincera, tuvo que trabajársela un poquito, no como cuando desafiaba en broma el orden maniático de mi madre o les hacía cosquillas en los pies a mis hermanos. En un instante comprendió la tragedia que se avecinaba. Yo no supe interpretarlo y, aunque noté algo raro en su sonrisa, se la devolví intacta.

Era demasiado feliz para presentir tragedias.

Asistían a clase con cierta regularidad unos quince niños. Gaston, el hijo del boticario, manifestó los primeros síntomas. Murió una semana después. Para entonces cinco compañeros guardaban cama y el doctor Camusot repartía su tiempo yendo de casa en casa, repitiendo un itinerario donde pronto le tomaría el relevo el padre Arthez. La escuela se cerró.

En cuanto a mi padre le floreció en la lengua una constelación de motitas encarnadas, se encerró en el laboratorio que había construido en el desván. Solo descorría el cerrojo para recoger la bandeja que mi madre depositaba en el suelo tres veces al día o para atender la visita del médico. Por la cara del doctor Camusot al salir, aprendimos a anticipar las malas noticias. Yo no sabía qué hacer. Daba vueltas alrededor de la casa espantando las gallinas, acechando las claraboyas del desván, buscando la compañía de papá en la sombra de las cortinas, a ver si se asomaba a tomar el aire.

Los primeros días se encontraba lo bastante bien como para aburrirse y le oía cacharrear. Lo imaginaba afinando su fermentador automático de compotas y me sonreía. Antes de agotar la semana, cesó el concierto de las herramientas, su ruido sordo al chocar contra el suelo o su repicar sobre los metales. Nos envolvió una manta de silencio.

Me dio por practicar pequeñas supersticiones. Por confiar en que si rozaba la madera de los muebles y contaba hasta veinticinco él mejoraría. O si evitaba el color morado en la ropa. Decidí que la sombra de las hayas con parches de musgo en el tronco atraía la mala suerte. También rezaba.

Cumplía a rajatabla con mis deberes y después aguardaba sentada al pie de la escalera a que saliera el doctor Camusot. Él me acariciaba el pelo al pasar y su porte severo entregaba puntualmente un informe desalentador. Yo perseveraba en mis rituales y esperaba con ánimo su siguiente visita.

De nada sirvió.

Llegó el día en que mi madre nos reunió a los seis hermanos en el descansillo que conduce hasta el desván. Secándose las manos sin tregua entre los pliegues del delantal, nos contó que papá se quería despedir. Joséphine y David rompieron a llorar. Y ya se sabe que las lágrimas se contagian antes que los bostezos. Para no unirse al coro, mamá recitó hasta tres veces las rigurosas instrucciones que le había dado el doctor Camusot. Que no tocáramos a mi padre ni lo besáramos, que nos mantuviéramos a una distancia de cinco pasos, que nos cubriéramos la nariz y la boca con un pañuelo, como bandidos al acecho de una caravana...

Mamá me dejó para el final, después de Jacques, Éve, Nathan y los mellizos David y Joséphine.

Conté diecisiete veces las ciento nueve tablas que cerraban la caja de la escalera. Mis hermanos desfilaron dando traspiés, como si un camino de piedras los separase del lecho de mi padre; la puerta se abrió y cerró en cinco ocasiones. Por fin me llegó el turno.

Hacía calor en el cuarto y sin embargo yo lo encontré helado. A pesar de la ventana entornada, el aire estancado retenía el fervor de la infección. A través del pañuelo penetraba un tufo a raíces descompuestas por la humedad, que no asociaba con el olor familiar de mi padre.

Había improvisado una cama con un colchón desfondado y se abrigaba con el paño de unas cortinas viejas que todavía conservaban las anillas. Lo rodeaba una comitiva de inventos inacabados, de brazos desarticulados y engranajes a medio armar.

La viruela lo había metamorfoseado en otra persona que ya no era exactamente mi padre. Lo habían acribillado las cicatrices, como si la enfermedad le hubiera descargado en el rostro una metralla de oro.

Respeté la distancia de los cinco pasos. Una pantalla de cretona verde ahogaba la luz de una lamparita al pie del colchón. Daba la impresión de que nos encontrábamos en el vientre profundo y oscuro de una montaña.

Él me buscó con los ojos. Estaban hinchados y enrojecidos, no sé si a causa de la tristeza o de la fiebre. Y me pedían perdón. Se disculpaban por no compartir conmigo los innumerables frutos de su curiosidad, que ahora se llevaría intactos. Por no montar juntos sus disparatados autómatas de ajedrez. Por no ejecutar sus descabellados planes para que me aceptaran, a pesar de ser mujer, en la universidad. Por no asistir al día de mi graduación, ni pasmarse ante mis magníficos descubrimientos.

Temía que sin él acabara de modistilla o criando los hijos de un hombre que no apreciara mi inteligencia. Que la gran Georgina Nicolasa Isaac, que solo él sabía entrever, se quedara finalmente en una vulgar Juliette. Pero no despegaba los labios. Yo pensé: da igual, papá, eso ahora ya da igual. Él acertó a leer mi expresión y adiviné en la suya que no estaba de acuerdo. En absoluto. Y que la culpa lo abrumaba.

—Abre el cajón —su voz me alcanzó apenas, con unos dedos de escarcha.

Me dirigí a la cómoda que había apuntado con un gesto vago de la mano y probé con los tiradores, abriéndome camino a través de un océano de tornillos y tuercas, hasta desenterrar varios libros y una brújula. Eran los manuales de óptica y electricidad que había comprado dos meses atrás por correo, y que manchaba de sopa cada noche mientras cenaba, leía y al mismo tiempo acunaba al pequeño Jacques.

—Son para ti —susurró con la debilidad de un espectro—. Solo una parte... Tendrás que hacerte... con el resto. Claro que aquí... mucho todavía por descubrir.

Deliraba. De la retahíla de palabras solo entendía retazos. Sospecho que había pensado a fondo lo que quería contarme y había frases enteras que se las comía la fiebre.

—Prométeme que los leerás.

Pasé las páginas. «Menudo rollo macabeo», pensé agobiada, pero ¿qué iba a decirle?

—Claro, papá.

Aquello lo serenó.

—No hemos tenido tiempo, ¿verdad, Quita?

Apreté los labios entre los dientes. El pañuelo me trepaba por la nariz de tanto como hipaba. Necesitaba que en ese preciso instante me consolara, que me dijera algo que me fuera a acompañar siempre: «te quiero, vaya donde vaya estaré contigo, nunca estarás sola...».

La llama se avivó en el candil, para revelar un velo de polvo sobre la tarima del suelo.

—Nunca te fíes de las apariencias, Quita. Tendrás que aprender a pensar por ti misma. Estudia. Naciste con un don especial y debes estar a la altura. No desperdicies lo que te ha regalado el azar. Al mundo le sobran ya los idiotas...

Yo asentía con gestos rápidos a cada palabra.

Llamaron con los nudillos a la puerta. Era la señal de que se agotaba el tiempo, de que el padre Arthez se impacientaba en el rellano, dispuesto a iniciar sus rutinas fúnebres.

Mi padre seguía repasando, angustiado, las obligaciones que me imponía mi inteligencia.

Casi con rabia me acerqué hasta él, al diablo los cinco pasos, me arranqué el pañuelo que me tapaba la boca, le abracé con fuerza y le besé en la frente.

Él continuó hablando, poseído por su verborrea, que arrancaba un soniquete fastidioso a las anillas de las cortinas. Salí corriendo de la habitación.

Esa madrugada murió el hombre enfermo en la gruta del desván. El que divagaba sin cesar sobre un futuro brillante que ya no me correspondía ni me interesaba. Mi padre había muerto días antes de encerrarse allí, la tarde en que buscó un pañuelo de lino para secarse la frente y no fue capaz de dedicarme una sonrisa sincera.

Me siguen desconcertando sus últimos regalos: unos libracos sobre óptica y electricidad (la nueva ciencia que lo entusiasmaba), una brújula y un puñado de consejos enrevesados.

Qué equipaje tan pobre para el larguísimo viaje de esa vida entera sin él que me espera.

Supongo que hizo lo que pudo.

Mi madre también.

Cuando se cumplió el quinto mes después de enterrarlo bajo la hierba cenicienta de Saint-Eustache, me llamó al despacho donde ella y mi padre solían encerrarse a discutir las grandes decisiones familiares. Había vendido ya el microscopio, el reloj de pared que marcaba las fases de la Luna y había descargado las estanterías de kilos y kilos de libros.

Mi madre tiene un buen fondo, aplastado bajo una tonelada de responsabilidades. El cansancio trabaja en ella igual que las lavanderas a la orilla del Sena, que terminan borrando los colores de la blusa más bonita. Mamá siempre habla como un levantador de pesas en mitad del esfuerzo.

—Le prometí a tu padre que ahorraría para que estudiaras y me prohibió que gastara un franco en misas ni funerales. Poco menos que me pidió que lo tirase en la ladera del monte Cuvier, que el tiempo, decía, ha sembrado de fósiles. Allí esperaría la eternidad en compañía de los caracoles y los escarabajos prehistóricos —puso los ojos en blanco y se mordió en los labios una sonrisa tristísima—. Ya sabes cómo era. Por supuesto que pagué su entierro, y que compré una parcelita en el cementerio de la parroquia, y cada veintitrés de mayo el padre Arthez oficiará una misa por su eterno descanso...

A pesar de hacer lo que consideraba correcto, no apartaba los ojos de las estanterías vacías, como si el espa-

cio que habían dejado los libros lo ocuparan ahora los re-
mordimientos.

—Juliette, yo sola no puedo con esta casa y con tus
cinco hermanos. Sabe el señor que lo he intentado. Tú eres
la mayor —se encogió de hombros, mostrándome las pal-
mas vacías de las manos—. Tendrás que ponerte a trabajar.

Pobre mamá, supongo que mi padre le habría apreta-
do las clavijas a conciencia, haciéndole prometer que lo
sacrificaría todo a la causa de mi futura grandeza. Mi misión
de leer los libracos era ardua, pero no se podía comparar
con la suya.

—Sabes que la tía Margot tiene puesta una mercería en
París. A través de los clientes se mantiene al cabo de la calle y
te ha conseguido un trabajo sirviendo en una casa. Estarías
interna, a pensión completa y pagan hasta demasiado bien
—hizo una pausa para jugar con el dobladillo de la falda enlu-
tada—. Con un poco de suerte ahorrarás algo para ti y podrás
pagarte los libros que quieras y hasta un tutor que te dé clases.

Qué bonitas suenan algunas mentiras, ¿verdad? En
este caso también era una forma de pedirme disculpas y de
decirme que me quería.

—Claro, mamá.

Disculpas aceptadas.

* * *

Y en esas estamos. Mañana abandono mi pequeño
mundo de Tissandier. Adiós al vértigo de los acantilados y
al trasiego de los barqueros que cargan el río con la piedra
de las canteras. Se me hace increíble pensar en París, tanto
como imaginar que embarco en un viaje submarino rumbo
a la Atlántida.

El reloj pingüino de papá se tambalea en su pista de patinaje y marca ya las tres de la madrugada. La luna llena está altísima en el cielo de octubre. Dentro de tres horas la tartana del tío Étienne doblará el último recodo del camino y me recogerá para llevarme hasta la diligencia que parte hacia Ruán. Una vez allí cogeré el tren a París.

En vista de que no pegaba ojo, me ha dado por estrenar este diario. Estaba convencida de que sus cubiertas de tela acumularían el polvo de los rincones. No me van los diarios.

Cuando me lo regaló papá, la primavera pasada, me costó disimular la decepción. ¡Ah, si entonces hubiera podido leer en sus páginas los acontecimientos que acabo de repasar esta madrugada! La idea me atrae. Froto el relieve de la encuadernación, tratando de propiciar el encantamiento que complete sus hojas en blanco con el relato de lo que se me viene encima. Pero nada. Que las muy condenadas no sueltan prenda.

La verdad es que no me reconozco. Quién me iba a decir a mí que era capaz de llenar así, a lo tonto, quince páginas. A ver si no se queda en un pronto, que yo soy muy de arrebatos y luego dejo todo a medias.

O no sé. Si al final soy feliz en París, quizá no me traiga cuenta perder el tiempo repitiéndomelo por escrito. En cambio, si soy desgraciada, puede que complete sus ciento cincuenta páginas y hasta que me compre otro.

En fin, chica, suelta la pluma y cierra el tintero. Y de paso los ojos, que mañana te espera un buen traqueteo y acabarás muerta. Termino con un propósito para mi nueva vida de sirvienta: no morderme las uñas. Cada vez que papá sorprendía la carnicería de mis pulgares pegaba un respingo.

Si no me dan muchos sustos, igual lo consigo.

JUEVES 16 DE OCTUBRE

—Chica, ni que en el baúl escondieras un muerto —ha resoplado mi madre mientras lo arrastrábamos entre las dos hasta la entrada.

Y eso que he sacado un par de botas, un paquete con ropa, un frasco de colonia, mi espejo de mano y un joyerito con pulseras que he repartido entre Éve y Joséphine. Tenía que hacerle espacio a los libracos de papá.

Y el tío Étienne en la calle, fumándose una pipa tan tranquilo. No te creas que ha corrido a echarnos una mano.

Ya estoy encajonada en la diligencia. Veremos si luego me las apaño para descifrar la letruja de susto que me está saliendo.

Era la única viajera pegada a la chimenea de «La oca loca», la fonda de Tissandier, pendiente de que el cochero, el señor Ridal, terminase de sorber su ponche caliente, con el pie en el estribo de latón de la barra, sin abrirse el capote ni soltar la fusta. ¿Tendré compañía? Y de tenerla, ¿le dará por pegar la hebra o se apuntará al mismo palo que el tío Étienne, que habla menos que su burra Tatou?

Mientras escribo con la derecha, la mano izquierda no suelta la nota donde un desconocido escribió las señas de mi destino. Ignoro quién será su autor, porque la tía Margot no sabe hacer la «o» con un canuto. Nos llegó la dirección por correo, en un papelito con perfume de clavo y una caligrafía elegante, misteriosa. Se lee perfectamente, y al mismo tiempo encierra la promesa de un enigma:

81, rue Antoine Mesmer, París

El papel lleva una marca de agua: el perfil de una esfinge.

* * *

Confirmado: más vale sola que mal acompañada. En el lindero de una finca, a un kilómetro de Tissandier, esperaba una señora, la vista perdida en el bosque, como si le disgustaran las barbas de los sauces. Viene cargada con un bolsón de hule donde le cabría perfectamente un cocodrilo y lleva un sombrerito estrafalario, que me ha recordado los nidos que a veces se calan los cazadores para camuflarse.

No se ha molestado en disimular su contrariedad al descubrir otro viajero en el coche. Superada la decepción, ha pasado a la carga.

—¿Qué lees, niña?

—Un libro sobre electricidad.

Dudo que un tratado sobre la vida secreta de los gorrinos le hubiera hecho arrugar más la nariz.

—Pero querida, esas no son lecturas para una niña.

—¿Verdad que no? —le he guiñado un ojo, y he seguido a lo mío. O al menos lo he intentado.

—Luego te dolerá la cabeza. ¿Y a dónde vas tan solita?

La indiscreción a veces pilla tan de sorpresa que, en lugar de mandarla a paseo, he titubeado y encima le he cantado La Traviata.

—Viajo a París.

—¡No!

—Pues... sí.

—Uy, fíjate, tan jovencita, dios mío —se ha santiguado—. Debes andarte con mucho ojo, querida. Mucho ojo —con el dedo se ha retirado el párpado, para enseñarme un iris verde descomunal, sitiado por las venillas—. Pero que muchitito ojo. Tan jovencita... Tú no te fíes de nadie, ¿eh? De-na-die.

—¿Ni de usted?

Ha carraspeado igual que si hiciera gárgaras con una sopa.

—De mí, sí, tontita. De los demás. «De los demás» —con un gesto amplio ha abarcado el universo entero—. De los desconocidos, sin ir más lejos. Una nunca sabe lo que estará pensando el vecino, ¿verdad? ¿Sabes lo que vamos a hacer? Vamos a echar un vistazo a tu futuro. Para que no te pille de sorpresa. A ver qué te espera en París, si más penas o alegrías.

—De verdad, señora, no se moleste...

Pero claro, para ella no era ninguna molestia. Su mano ha buceado en el bolso y ha salido a flote con unos tarjetones grandes y gastados, que se le escapaban de los dedos: una baraja del tarot.

—Ahora barájalas bien.

Bien o mal, las he barajado con resignación.

—Corta por la mitad.

He cortado por la mitad. Más o menos.

Mientras el cabeceo de la diligencia nos hacía bailar de un lado a otro del compartimento, se las ha apañado para desplegar mi porvenir sobre el asiento desocupado de enfrente. Las cartas chasqueaban una tras otra contra los botones de la tapicería, hasta completar el trazado de una cruz:

Un rey sentado en un trono de huesos, con el rostro oculto tras una gran moneda de oro.
Una cabeza decapitada que hace muecas sobre una bandeja.
Un niño con sombra de cabra que tañe una campana.
Una niña perdida en un zarzal en llamas, rodeada de esqueletos.

La mujer se ha quedado rígida, interrogando los dibujos un buen rato.
—¿Y bien?
Mi voz la ha sobresaltado. Ha recogido precipitadamente las cartas, la mitad se le ha desparramado por el suelo, las ha picoteado como una gallina y, justo cuando guardaba la última en el bolso, se ha abierto la portezuela y ha subido un cura con el sombrero de teja y los «buenos días» por delante. Ni me di cuenta de que la diligencia se había detenido.
La mujer ha sacado una labor de ganchillo, se ha puesto a entrechocar las agujas con el brío de un mosquetero y no ha vuelto a dirigirme la palabra.
¿Se le atragantó mi destino o la presencia del cura le cortó el rollo del tarot?
Por lo menos me ha dejado en paz el resto del viaje.

* * *

¡Esto del tren ya es otra historia!

Por poco lo pierdo, alelada en el andén ante esta monstruosa serpiente de siete diligencias enganchadas una tras otra. En la locomotora descubría yo los rasgos de un piel roja, con sus metálicas pinturas de guerra y su penacho de plumas de humo negro... cuando el jefe de estación ha dado el último aviso. Los pistones arman un escándalo bárbaro y no hago más que dar brincos cada vez que la máquina silba, pita o se encabrita al internarse en sus senderos de hierro. Los duros asientos de madera del interior me recuerdan los bancos de una iglesia. Vamos como tres en un zapato. Viajo con la cabeza de una señora dormida sobre el hombro, igual que si fuera el loro de un pirata, pero no me molesta.

Como el coche apenas traía pasajeros de Dieppe, he podido elegir ventana. ¡No podía tener más suerte en mi primera excursión en tren! Es a-lu-ci-nan-te. Como si hubieran pintado el mundo entero en un rollo de lienzo y me lo fueran pasando al otro lado del cristal. «Hola y adiós», «hola y adiós», vacas, huertas, fresnos y olmos, y los meandros del río, entrando y saliendo como la aguja que va cosiendo el forro de unos pantalones. Nunca había disfrutado así del paisaje, a la contra, fugándose a toda mecha. Comparado con la locomotora, Tatou corre menos que una tortuga reumática. Aquí las cosas se escapan tan deprisa que tengo la sensación de que me voy haciendo vieja por el camino.

Pero punto en boca. No pienso desperdiciar un segundo escribiendo, cuando puedo aprovecharlos disfrutando de mi ventanilla «3F».

* * *

¡Al final me he quedado dormida! ¡Y me he despertado con la cabeza de una señora distinta apoyada en el hombro! Han pasado tres horas. Un inglés que se montó en Dieppe y desde entonces no despega el dedo de un mapa me informa de que hemos dejado atrás Clichy y que ya estamos atravesando las fortificaciones de París.

* * *

Nos hemos detenido en la estación de Saint-Lazare. ¡Estoy en París!

Nunca había visto tantas chimeneas juntas ni tantos sombreros de copa. Verdaderamente, en el pueblo somos tres gatos. Si todo Tissandier se apeara del vagón no ocuparíamos ni medio andén ni medio puente de Europa, que cruza con sus tachones de hierro por encima de las vías.

Hasta las cerilleras visten aquí con clase. La gente lleva una prisa del demonio y apenas reparan en los demás. Cuando lo hacen, aunque solo te roce una mirada de refilón, noto que reconocen en mí a la típica palurda que se planta en la capital con la jaula de las gallinas. Yo les sonrío y esbozo una reverencia. Tienen razón. La palurda de Tissandier acaba de aterrizar en París.

Por supuesto, ni rastro de mi tía.

Si respetase la advertencia de no fiarme de los desconocidos me vería obligada a patearme la ciudad entera, calle por calle, hasta dar con la rue Mesmer. Me he atrevido a confiar en un mozo de cuerda que no parecía estar pensando nada malo. En realidad, no parecía estar pensando en nada de nada.

Le he mostrado el papelito con la dirección y su preciosa caligrafía no le ha entusiasmado precisamente. Se ha besado una cruz improvisada con los dedos, para conjurar la mala suerte, y se ha puesto a ordenar y desordenar sin ton ni son una pila de maletas. Aprendo rápido que los parisienses son expertos en hacerse los locos. Pero yo soy una chica mona, provinciana y desvalida. Me he puesto plasta y al final el chico ha cedido.

No sin antes escupir en el suelo y soltarme en tono acusador:

—Chica, ¿tú sabes dónde te metes? Vas a la «Casa de los Cien Mil Fantasmas».

Muchos fantasmas me han parecido, pero como aquí en París se ve que abunda de todo, tampoco he querido pasarme de lista.

—El viejo asilo de la rue Antoine Mesmer —el muchacho ha insistido en su pavor—. La residencia del mago Galissard, menudo pájaro de mal agüero. Un hervidero de fantasmas. Sigue mi consejo y ni te acerques. Da media vuelta y móntate en el primer tren que te lleve de vuelta al pueblo.

Hija mía, con qué facilidad se dan consejos.

El mozo de las maletas ignora que mi madre contó hasta los céntimos para el viaje. Lo que quiere decir que la última moneda y yo nos despedimos tan amigas en el mostrador de la estación de Ruán. De hecho, me muero de hambre y me tengo que aguantar, e ir arrastrando este ridículo baúl-elefante hasta la casa del millón de fantasmas.

—Oye, me has convencido, pero de todas formas tampoco querría irme sin saber cómo se llega.

—Ah, es muy sencillo.

Sus instrucciones no han resultado tan sencillas, pero por algo se empieza. Nos hemos separado con un apretón de manos (¿no se había escupido en una de ellas?).

—Eh, ¡que a las taquillas se va por ahí! —me ha orientado con las maletas en vilo, haciéndose una bocina con el puño— ¡Que te vas a la salida!

Le he guiñado un ojo.

* * *

Qué mareo: chicos que despachan los periódicos de la tarde a grito pelado, chatarreros, gente que malvende ropa vieja, que promete recomponerte la loza rota, peluqueros de perros, coches de caballos para un pasajero y para veinte, con y sin capota, tranvías...

Estoy muerta. Con la lengua fuera, un cráter en el estómago y sentada en un baúl que pesa como una lápida de cementerio, frente al número 81 de la rue Mesmer. Así que este es el caserón que ha revuelto las tripas de las tres parisienses a las que pregunté por el camino.

No entiendo un pimiento de arquitectura, pero me recuerda a los grabados del periódico, a esas estampas de los ministerios o de las residencias señoriales que rodean la plaza de la Concorde. Aquí los señores arquitectos no han ido a lo fácil. No se han conformado con abrir rectángulos para que entre la luz por las ventanas y las personas hagan lo propio por las puertas, han mareado la perdiz jugando con los bloques de granito hasta cargar la fachada con mil columnitas y un bosque de ornamentos.

A lo mejor lo de los fantasmas se debe a un malentendido: a esa veintena de bajorrelieves y esculturas, monstruos y demonios de piedra que adornan el hueco entre los balcones, que se emboscan bajo el alero de la buhardilla y en el desagüe de los canalones; a esos dos leones con cabeza de murciélago que flanquean la escalinata de la entrada

o al diablo lagarto que desafía a los visitantes, enroscado en una aldaba de bronce.

Papá decía que los niños dibujan las casas como si fueran rostros: las ventanas se confunden con los ojos, las persianas se traducen en párpados, la puerta, en una boca que se cierra para tragar a sus ocupantes. Este edificio tan complicado no lo pintaría un niño ni loco, pero provoca la misma ilusión. Su hilera de ventanas emplomadas te mira y mantiene los labios apretados. ¿Qué me diría si los abriera?

En fin, que no te lo cuenten, Juliette. Vamos allá. Miedo me da solo de pensar qué habré escrito en estas mismas páginas mañana. Espero que antes de la cena, entre fantasma y fantasma, también me ofrezcan algo de picoteo.

Viernes 17 de octubre

¡¿Pero dónde me ha metido la tía Margot?! Siempre pensé que se llevaba de maravilla con mi madre. Si mamá le birló alguna vez una muñeca de porcelana, o incluso un novio forrado de billetes de mil francos, ya están en paz.

He aquí el recibimiento más extraño que haya disfrutado nunca una criada en París.

No entraré en demasiados detalles sobre el tétrico interior que se agazapaba al otro lado de la fachada. Las lámparas aquí lucen una quinta parte de lo que alumbran en el resto del universo. Es como si al aceite le atormentara alimentar demasiado la llama y prefiriese dar cobijo a lo que se esconde entre las sombras.

Yo suponía que el primer día me mostrarían la casa y que me abrumarían con toda clase de instrucciones que iría olvidando sobre la marcha.

Pues no, señorita Juliette. Del caserón apolillado me han enseñado lo justo y eso que tiene habitaciones para aburrir a un tonto. Han pasado de puntillas sobre cuáles serían mis obligaciones, como si antes de perder el tiempo poniéndome al día tuviera que superar alguna prueba. Me da en la nariz que dan por hecho que huiré despavorida antes de una semana.

El ama de llaves, madame Vernou, me ha recibido en una esquina de la biblioteca, tiesa como un pararrayos y flaca como los caballos del señor Finot los años de mala cosecha. Me recuerda a las figuras que me hacía mi padre retorciendo un alambre. Nunca llegaba al detalle de los ojos o a imprimirles una expresión. Al conocer a madame Vernou por fin les he puesto cara. Es enjuta, escuálida y demacrada, me hace pensar en la raspa de un rodaballo, pero no creo que pase hambre: su verdadera delgadez proviene del espíritu.

En los últimos meses ha debido de largar quinientas veces el mismo discursito. Le faltaba bostezar, tapándose muy finamente la boca, eso sí. Se distraía a cada palabra, buscándose en el reflejo de los cristales que resguardan los libros del polvo. He logrado captar su atención solo al principio. Nada más dejarnos a solas el mayordomo, madame Vernou me ha contemplado con la fijeza de una urraca a la vista de una sortija, tratando de calibrar qué clase de chica soy. No parecía importarle si podía robarle las cucharas de plata o sisarle las vueltas de la charcutería.

Lo que cuenta aquí es si voy a aguantar. Como un general que pasa revista a su pelotón antes de endosarles una misión suicida. ¿Les cuento que ellos son quinientos y nosotros solo cinco? No he notado que el resultado del examen le hiciera dar saltos de alegría. O a lo peor es que la mujer es así y no se entusiasma ya ni con una caja de bombones de Frascati.

Su charla venía a advertirme de algo, pero en ningún momento se sentía obligada a precisar de qué. Así que me he hartado. Llevo todo el día de acá para allá y mi barriga armaba más escándalo que una trompeta. Soy impaciente por naturaleza, lo reconozco.

—Pero madame Vernou, ¿de qué me está hablando? ¿De fantasmas?

Se ha sobresaltado un poco, no por miedo, sino porque la palabra fantasmas le da repelús. Un brillo extraño ha templado su mirada gris y he sentido que las nubes abrazaban el sol y vaciaban la habitación de luz. Ni rastro de la modorra...

—Eres muy joven, niña, pero supongo que a estas alturas te habrás dado cuenta de que el mundo no siempre nos muestra la misma cara.

—No la entiendo.

—¿No? ¿Has cruzado al venir la plaza Le Fanu?

—¿Una con la estatua de un gallo de bronce posado encima de un ancla?

—Esa misma. Ya comprenderás que te pueden pasar cosas muy distintas en la plaza Le Fanu cuando te sientas en un banco a tomar el sol por la mañana o cuando la atraviesas en sueños. Existe un umbral donde te instala el despertar de las pesadillas, cuando las sombras de un perchero o el crujido de los muebles te dejan expuesta en una tierra de nadie. Sabes que esos muebles ya no son la mecedora o el armario que revela la luz del día. Entonces una voz que te susurra: «no vengas», el llanto desconsolado de un niño o la presencia de un extraño no significan lo mismo, no, ni mucho menos, en la plaza que te atrapó dormida, que esos mismos pasos o ese llanto en la plaza de las doce del mediodía.

Qué buen rollo, señora Vernou, hoy se ha levantado usted con los dos pies izquierdos.

—Los cimientos de esta casa echan sus raíces en una región incierta, donde nunca amanece del todo. Y si decides quedarte aquí a trabajar, tendrás que acostumbrarte al peligro de lo cotidiano cuando cae del lado de los sueños.

—¿No puede ser más precisa, madame?

—Si hay algo más preciso que saber, lo averiguarás por ti misma, pero te voy a ofrecer algunos consejos. Aunque me los podría ahorrar, porque eres muy joven.

¿Con «muy joven» quería decir «muy tonta»?

—Ahora vendrá a recogerte monsieur Rastignac, el mayordomo, y te hará un recorrido por la casa; se ha presentado antes de hacerte pasar, ¿verdad? Graba a fuego en tu memoria la disposición de las habitaciones. Fíjate sobre todo en las puertas y ventanas. Cuéntalas bien. Si algún día tropiezas con una puerta nueva NO LA ABRAS. Si descubres una ventana que no recuerdas, ni siquiera te asomes a ella. Nunca penetres en un cuarto que no te haya señalado. Deja en paz las puertas cerradas con llave.

Justo cuando por fin la señora Vernou se decidía a ser concreta, sonaba como una lunática. Frente a su vehemencia, la llama de las bujías menguaba, a punto de extinguirse en un hilo de humo.

—No prestes atención a los ruidos o las voces desconocidas. Si los ignoras no podrán hacerte daño. Los sonidos serán un mero estremecimiento del aire, las imágenes, juegos de luz, las sensaciones, impresiones del tacto.

No me había dado cuenta de lo hundidos que tiene los ojos, como si se batieran en retirada para que el fuego de ciertas visiones no los alcanzara.

—¿De pequeña te enseñaron a no hablar con extraños? Pues cúmplelo a rajatabla DENTRO DE LA CASA. No te dirijas a nadie que no sea el señor Rastignac, Berta, la cocinera, Jules, el mozo de cuadra, el señor Galissard o yo misma.

—Bien.

Ella me ha sonreído sin rastro de buen humor.

—Hablarás con ellos. Ya me lo contarás si no. Todas termináis haciéndolo. Pero por dios, aunque tengas un nido de pájaros en la cabeza, jamás aceptes un regalo de ELLOS. Ni siquiera un botón. Si lo haces quedarás en deuda. Y sabrán cómo cobrártela.

—¿QUIÉNES?

Una de las puertas correderas de la biblioteca ha silbado en su carril, haciéndose a un lado. Madame Vernou ha aprovechado la interrupción y se ha levantado dando la entrevista por concluida.

—El señor Rastignac te ayudará a que te familiarices con la casa.

Monsieur Rastignac viste impecablemente. Todo lo toca a través de sus guantes de algodón abrochados en la muñeca. Lleva los picos de la camisa levantados: le hacen como un cesto de pan donde recoge la cabeza. Es feo, simpático, con unos ojazos que recuerdan la esfera de los relojes. Constantemente sorbe por una nariz grande como el pico de un buitre, dando la impresión de que se le atasca el tiro de la chimenea.

Me costaba desprenderme de las palabras del ama de llaves y el señor Rastignac lo ha notado.

—Qué, la vieja viuda Vernou ya te ha metido el miedo en el cuerpo.

—Pues un poquito.

—Pues tampoco te vendrá mal. Las normas, Juliette, las normas. En este mundo lo más importante, siempre, es cumplir las normas. ¿Te las ha explicado?

—Creo que sí.

Ha respirado hondo, aliviado.

—Perfecto entonces. Si le pillas el tranquillo a la casa pronto, podrás ganar un buen pellizco sin matarte a trabajar. Si cumples con las normas no te puede pasar nada.

—¿Seguro?

—Mmhhh... Al noventa por cien, diría yo.

—¿Y por qué no iba a cumplirlas?

—Ah... Ahí pones el dedo en la llaga. No es solo cuestión de lo que ocurra entre los muros del número 81 de la rue Mesmer. En esta vida, si cumples las normas, tampoco te sucede nada. Las normas son precisas y claras, carecen de ambigüedades, pero a la gente le gusta que le sucedan cosas. O ESO CREE. Y entonces rompe las reglas. Y ya lo creo que les suceden cosas. ¿Te parece que empecemos por la planta baja?

—Usted dirá.

Monsieur Rastignac se comporta conmigo como un embajador ante la reina de Inglaterra, se maneja con tal elegancia que te olvidas de que sea más feo que Carracuca. No se puede decir lo mismo de la casa. Los techos se pierden tan alto que no me extrañaría que en el cielorraso colgara un racimo de murciélagos.

—Madame Vernou ha insistido en que me fije bien.

—Ah, sí, sí... Fundamental. Antes obligaba a las recién llegadas a que llevaran un cuaderno y tomaran notas... Pero con la experiencia he ido perfeccionando el sistema. Toma.

Ha sacado de un bolsillo de su levita un mazo de fotos. Antes de aceptarlo he preferido asegurarme:

—Usted no es un fantasma.

Ha sonreído despavorido.

—Es que madame Vernou me ha prevenido contra los regalos de los desconocidos.

—Ah, sí. Muy bien —lo ha celebrado con una palmada—. La regla número tres. No te costará seguirla. Te aseguro que no regalan nada que pueda interesarle a una chiquilla como tú.

He recogido su baraja de daguerrotipos color sepia. Reproducen una colección de quince habitaciones tomadas desde distintos ángulos, un mínimo de tres estampas por cada una, sin descuidar un rincón. Cierra la serie un plano a mano alzada que las enlaza mediante un sencillo recorrido.

—Llévalas contigo siempre, hasta que te veas capaz de recuperar cada detalle con los ojos cerrados. Sobre todo asegúrate de memorizar el número y la posición de las puertas y las ventanas. Y solo muévete por el espacio que aparece en el plano.

—Muy bien. Perdone la indiscreción, pero ¿ha tenido que contarle esta historieta a muchas sirvientas?

—Uy, ya lo creo. A unas cuantas.

—No respetaron las normas —se me ha formado un nudo triple en la garganta.

Monsieur Rastignac ha inflado los carrillos, con la resignación de quien en plena tormenta descubre empapada a la misma persona que rechazó su paraguas justo antes de salir de casa.

—Quisieron que les pasaran cosas y... quien la sigue, la consigue, de eso no cabe duda.

—¿Qué clase de cosas?

—Hoy estoy de buen humor, Juliette, y no quiero que nada me perturbe —la sonrisa le ha tendido un puente entre los picos de la camisa—. Mañana es mi día libre: iré a las carreras. He tenido un presentimiento, ¿sabes?, quizá el sábado me acueste rico. Tú tranquila, que no te pasará nada. Pareces bastante más espabilada que las otras.

Me ha confortado con una mueca simpática. Convencido, sin embargo, de que yo tampoco cumpliré las normas.

Hemos repasado completa la colección de cromos: cámaras, antesalas, alcobas (he conocido mi dormitorio), comedores, baños, el vestíbulo, un recibidor... He aquí mis dominios, donde reinaré con la escoba, la pastilla de jabón y el barreño. Así, a ojo de buen cubero, yo diría que las fotos solo cubren un tercio del edificio.

—Si alguna vez necesitas ayuda, fíjate en que cada estancia dispone de un tirador —me ha señalado el cordón de seda que colgaba de una de las paredes—. Cuidado no lo rompas. Basta con un leve tirón y acudiré a tu llamada. Pero tampoco te confíes, si te internas en las habitaciones prohibidas quizá no logre alcanzarte.

A lo largo del recorrido monsieur Rastignac ha pasado por alto los pasillos. No los ha incluido en su recopilación de imágenes y francamente se merecen un capítulo aparte. El halo encapotado de las bujías alumbra precariamente un centenar de marquitos, islotes que emergen de la pared con el paspartú de color hueso. Las corrientes de aire los hacen tintinear como una cortina de abalorios. Todos muestran retratos de niños. Niños pobres, con el pelo rapado y las rodillas peladas. Niños con los zapatos arruinados, que miran al fotógrafo a los ojos, desnudando un amplio repertorio de emociones: desamparo, malicia, despreocupación, agresividad, miedo; niños ateridos de frío, con remiendos de tiña y las orejas de soplillo, posando en grupos de veinte frente a una tapia o solos contra una niebla imprecisa de fondo.

—Son los niños del orfanato de Saint-Antoine —monsieur Rastignac se ha anticipado a mis preguntas, tratando quizá de atajarlas.

—Muy decorativos.

—Ya colgaban de las paredes cuando el señor Galissard compró el edificio. Acomodaron aquí a los huérfanos durante un tiempo, hace unos años, mientras terminaban las reformas del antiguo hospicio.

—Se ve que lo pasaban pipa. ¿Y el señor no se animó a encender una buena hoguera con ellos?

Monsieur Rastignac ha dejado traslucir su incomodidad hasta donde se lo han permitido su flema y exquisita educación. Yo diría que por culpa de los niños, como si considerase la posibilidad de que me hubieran oído y se fueran a molestar.

—Al señor Galissard le gustan. Desde luego, yo no me atrevería a quemarlos.

Le ha bastado con rascarse la perilla para cambiar de tema.

—Juliette, te he guardado lo mejor para el final.

—¿La mazmorra de la momia sin pies ni cabeza?

—La cocina. ¿Te apetece un bocadillo de tomate y camembert? Tu estómago lleva media hora respondiéndome que sí. Vamos —con pasos apresurados me ha conducido escaleras abajo, lejos del pasillo—. Es por aquí.

¡Comida!

Este hombre es un maestro escurriendo el bulto.

SÁBADO **18** DE OCTUBRE

Primera noche sin fantasmas. Nos atendremos a las reglas, querida madame Vernou y querido monsieur Rastignac.

De lo que me he dado cuenta nada más levantarme es de que en esta casa huele «raro». Los tabiques exhalan un perfume peculiar a carcoma, a madera vieja, a papel impregnado de la cera quemada en el candelero de las bujías. Apenas enmascaran un hedor que repta por debajo. Como no me han invitado a otras casas de París soy incapaz de apreciar hasta qué punto es una característica propia de la ciudad o solo de esta mansión.

Recuerda al olor de los rastrojos quemados. Pero no, resulta más dulzón. Me va y me viene una vaga impresión infantil, que no termino de precisar. Me acompaña como el cosquilleo de una leve náusea. Solo un poquito. Pero ahí está, una nota de desasosiego siempre presente.

Pausa para la comida.

A la hora del desayuno me han presentado a Berta, la cocinera. Parece maja y asustada. Lleva en la piel el aroma de las verduras cocidas y pesa ciento veinte kilos, justo

SÁBADO 18 DE OCTUBRE

en el límite de la báscula. Para mí que se rodea de toda esa carne a falta de guardaespaldas: antes de comerle el corazón, los fantasmas tendrían que abrirse paso a través de una muralla de carne.

Lo mejor de todo es que tiene muy buena mano. Desde luego borda el *potage à la Julienne*, la *croquette de volaille* y la *charlotte de pommes*. Mola. Eso y el salario de la semana, que me han pagado por adelantado... ¿Será que pretenden comprarme?

También me han presentado a mis fieles ayudantes: la señora Escoba, mademoiselle Jabón y monsieur Cubo de Fregar.

Aquí nadie suelta prenda acerca del dueño de la casa: el archipatidifúsico mago Galissard.

LUNES 20 DE OCTUBRE

Con fantasmas o sin ellos, trabajito no me va a faltar. Como han visto que no salgo corriendo, ya se animan con los marrones. Que si sacude el polvo de las alfombras, que si vacía los armarios de las alcobas y límpialos por dentro, que si un intensivo de las terrazas. Y Berta me ha encasquetado también la carbonera, que no me corresponde, pero a ella le aterroriza bajar al depósito. O me ha vendido ese cuento.

Una pena que, cuando se aburren, a los fantasmas no les dé por agarrar un barreño, el estropajo y arrimar un poquito el hombro. A ellos no los saques de los susurritos o de mover los muebles a voleo (nunca para apartarlos y que pueda eliminar las pelusas de los rincones). Vamos, que solo valen para incordiar.

Aquí tenemos a la gran Georgina Nicolasa Isaac arrancándole el moho a los candelabros. Está claro que papá no salió fantasma: me llegarían sus alaridos desde Tissandier.

Al margen de las fotos de los pasillos, mi recorrido cotidiano me brinda dos paradas particularmente tétricas.

Monsieur Rastignac las llamó el salón de las aves y el cuarto de los juguetes. Ignoro si se trata de su verdadera denominación o solo de una especie de mote que les ha puesto.

Yo propongo que al salón de las aves lo rebauticen como el barracón de las momias. Es una habitación modesta, con un balcón enrejado que da a la plaza Le Fanu. La superficie de los muebles aparece picada, con el pan de oro que los embellece medio arrancado. En las repisas, en el tablero de las mesas y en varios atriles, descansa el soporte de una veintena de pájaros disecados. Te observan como si fueras el taxidermista que los desolló, les bañó la piel en arsénico y los rellenó con esparto y virutas de madera.

Da un poco de repelús pasarles el plumero a los bichos. Tengo la impresión de que en un descuido alguno me podría arrear un picotazo.

Lo de «cuarto de los juguetes» promete más de lo que luego acaba ofreciendo. Parece un dormitorio infantil demasiado amplio. Hace una eternidad que alguien pintó en las paredes los típicos ositos de peluche, los muñecos con resorte que saltan de una cajita y unas nubes de algodón con su arcoíris. Con los colores vivos debían de transmitir alegría, ahora, con los colores muertos, inspiran el efecto contrario, naufragando entre las grietas de las paredes. En los estantes se alinean los soldaditos de plomo, las peonzas, los barquitos de cuerda... Monsieur Rastignac insistió en que no me llevara ningún juguete. Estaba de broma, supongo. No lo querría ni regalado. Por más que los limpio, mantienen su aspecto mortecino. La tela de las muñecas se deshace en un polvillo carbonizado, como si las hubieran rescatado de un incendio.

En este cuarto el olor a quemado se vuelve particularmente intenso.

MARTES 21 DE OCTUBRE

Hoy mejor le damos un respiro al diario, a ver si cumplo dos promesas pendientes. A cuenta de mi padre, leer sus libracos; a mamá le debo carta desde hace una semana, relatándole mis aventuras en la gran ciudad. El cuento de Juan Pimiento será, claro. Los fantasmas mejor los dejamos en el tintero.

MIÉRCOLES 22 DE OCTUBRE

Echo de menos un par de ojos en el cogote. O puestos a pedir, que sean tres. Esa permanente sospecha de que te pierdes algo, de que una presencia se escabulle a tu espalda, justo en la frontera donde no alcanza el rabillo del ojo. Esa convicción de que si arrojaras la vista sobre un reflejo sorprenderías el acecho de una mirada.

Las tablas del suelo se quejan de las pisadas, los grabados de las paredes cuelgan descoloridos, sin que los rayos del sol hayan tenido oportunidad de marchitarlos. Es como si la mansión se hundiera en la bruma de una marisma.

No se me caen los anillos por codearme con las bayetas. Lo malo de la limpieza es que aburre y deja mucho margen para pensar. Hay veces que me entra la angustia de que me han dejado a merced de la casa. La distancia y las alfombras conspiran para matar el rumor de los pasos. Ni rastro de monsieur Rastignac o madame Vernou. Las ollas y las sartenes enmudecen en la cocina. Nadie conversa. Me siento sola, abandonada en un desierto donde el miedo florece como los cactus.

Jueves 23 de octubre

Aprovechando el vaivén de la llama de los pasillos, los niños de Saint-Antoine parpadean en los retratos, bizquean los ojos, los ponen en blanco, se hurgan la nariz, me sacan la lengua, se pitorrean...

Que los zurzan.

Por fin he caído en la cuenta de a qué me recuerda el olor de la mansión: a la Navidad en la que papá puso en funcionamiento la máquina de vapor que jugaba a los bolos. A las seis de la tarde, mientras los mellizos me ayudaban a ordenar los servilleteros alrededor de la mesa, preparada ya para la cena, una tremenda explosión conmovió hasta el último tabique del sótano. Una nube oscurísima, de tormenta, reventó el techo del desván y escapó hacia el cielo en mitad de una erupción de tuercas. Mi madre salió disparada escaleras arriba, convencida de que mi padre se había matado. Milagrosamente, el cañonazo se agotó en vertical, y lo encontró sano y salvo, observando las nubes a través del boquete entre las tejas, rascándose el cogote sin explicarse qué había fallado. La única víctima fue una gallina, a la que aplastó un meteorito en forma de bolo. La bronca de mamá atronó más que la explosión y por poco no tumba lo que quedaba en pie de la casa.

Una tercera tormenta se fraguaba mientras tanto en el horno, donde se achicharraba un pavo relleno de ciruelas y castañas. Para cuando advertimos a mis padres del desaguisado, había quedado reducido a un amasijo de carbonilla grasienta. Y a un olor dulzón, a carne calcinada, que se te agarraba en los pulmones. Una peste que nos acompañó durante el resto del invierno, como el enfado de mamá.

Idéntico tufo al que emana de los cuatro costados de este caserón.

VIERNES 24 DE OCTUBRE

Tenía que pasar, supongo. He cumplido mi primera semana aquí y, de regalo, comienzo a escuchar voces. No las de monsieur Rastignac, o de madame Vernou, o incluso de Berta, que dicho sea con todo el cariño del mundo no merecerían ni media línea de este diario. De Jules, el mozo de cuadra, ni hablamos, que no le he visto el pelo todavía. LAS VOCES SON DE OTROS.

Papá se reiría de mí: «Después de llenarte los oídos con cuentos de viejas, Juliette, escucharías espectros aunque llevaras las orejas tapiadas con algodón».

En el silencio de la noche los sonidos menudos adquieren una relevancia inusitada. La casa cruje, los postigos mal encajados conversan con el viento. Las cañerías zumban, se desgañitan, no alcanzan a tapar un llanto de fondo, o una carcajada sorda, o la carrera de unos pies de puntillas…

Los niños de las fotografías tratan de buscarme las cosquillas. Los murmullos resultan tan leves, en el umbral mismo de la sensibilidad del oído, que podrían seguir perfectamente el dictado de mi imaginación:

—*Juliette...*
—*A trabajar, perezosa...*
—*Vuélvete a Tissandier con los marranos.*

Cuando arreglo la Sala de las Momias siento que los pajarracos rompen a cuchichear, compartiendo su amargo desasosiego con una sombra de lo que fueron sus voces naturales. Y creo que hablan de mí. Y que albergan una mala intención. Anticipo un batir de alas embalsamadas y su ansia por desgarrarme a picotazo limpio.

Cuando el siseo de fondo me exaspera, suelto el cepillo en el cubo y paso a la siguiente habitación. Tampoco pasa nada porque acumulen un poquito de polvo, ¿verdad?

Mi padre insistiría en que me dejo engañar por un fenómeno acústico y que me asusto del rumor de la calle, distorsionado en el zigzag de las cañerías. Yo le respondería que hay horas en las que hasta la plaza Le Fanu está desierta.

Ya lo dice la señora Vernou. Son solo sonidos.

SÁBADO 25 DE OCTUBRE

Cada vez me imponen más respeto los espejos. Les paso el paño despacito, con la sensación de una fila de hormigas recorriéndome la espalda. Nada de movimientos bruscos, Juliette. Estoy convencida de que, si retirara la mano súbitamente, detrás del paño surgiría... No sé. Una mirada. AL-GUIEN.

LUNES 27 DE OCTUBRE

Estrené la semana con mi primer fenómeno paranormal. Simplemente era incapaz de correr los muebles del comedor grande. Las sillas permanecían ancladas al barniz del suelo aunque las empujara con todas mis fuerzas, las fuentes no despegaban el culo del aparador ni haciendo palanca con el mango de la escoba.

Después de perder un rato dándole vueltas a mi perplejidad, puesta en jarras, he accionado el tirador. Con delicadeza, que conste, no me fueran a venir luego con que lo había roto. A los cinco minutos se ha presentado monsieur Rastignac.

—¿Qué pasa, Juliette?

Mis explicaciones atropelladas no le han parecido nada del otro jueves.

—Ya veo.

Le ha echado un pulso al respaldo de una silla y la cosa ha quedado en tablas. Se ha encogido de hombros:

—No quiere moverse.

—La silla... No quiere moverse.

—Ya lo ves. Tendremos que esperar.

—¿A qué?

—Mmmh... Como antes de cruzar las vías. A que pase el tren.

La conversación estaba coronando las cimas del absurdo en cuestión de segundos.

—¿Lo pasó bien en las carreras, monsieur Rastignac?

—Ya lo creo. Pero me he levantado este lunes igual de pobre que el domingo. «Pezuña fugaz» resultó un fiasco. ¿Qué no lo resulta, eh, Juliette?

Con esa pregunta el señor Rastignac parecía resumir su vida. Si es así, tampoco le concede demasiada importancia.

Los minutos han volado en el reloj de sus ojos. Después de repasar el programa completo de las carreras del domingo, ha vuelto a tentar una silla. Ahora se ha levantado con la ligereza debida.

—Ya está. Ya se han marchado...

—¿QUIÉNES?

—Nuestros queridos inquilinos, Juliette. Tú ni caso.

He reparado en que, antes de salir, se aseguraba de que la puerta que estaba a punto de cruzar ocupaba justo el lugar que le correspondía.

Los muebles han conservado su peso acostumbrado el resto de la tarde y yo he seguido dándole al plumero.

Martes 28 de octubre

Hoy estoy furiosa. Para empezar se me ha escacharrado la brújula. La llevo siempre atada al cuello con un lazo, a modo de talismán, y porque me relaja el chasquido que hace la tapa cuando se abre y se cierra. Debe de haberse contagiado del miedo a los fantasmas, porque ha perdido completamente el sentido de la orientación. Ahora deambulo por las habitaciones y la pobre encuentra el norte donde le da la gana. Con el cariño que le tenía papá...

Peor suerte han corrido los libros. Media cena mentalizándome para una sesión soporífera de óptica y electricidad y cuando he ido a buscarlos debajo de la cama... ¡estaban carbonizados! Me he puesto a soltar sapos y culebras, y hasta una serpiente pitón se me habrá escapado, y madame Vernou que ha llamado a la puerta: a qué venía tanto escándalo, si podía saberse. «Son cosas que pasan aquí», ese ha sido todo su consuelo después de traerme un cenicero y una escoba. «Combustión espontánea», la ha llamado. Según parece, el fuego ronda la casa y de vez en cuando fija su presa en algún objeto, al buen tuntún y sin avisar. Me ha dicho que he tenido suerte de que no fuera una blusa o una falda, que ella una vez perdió un chal de piel.

No sabe de qué me habla. Me entran ganas de llorar y de organizar una barbacoa con la mansión y sus mil fantasmas dentro. Para que aprendan: toma «combustión deliberada».

En solo unas horas, los únicos recuerdos que guardaba de papá se han ido a hacer puñetas.

Viernes 31 de octubre

Han pasado dos días sin que reuniera el valor ni las ganas de retomar el diario.

No me apetecía recordar lo ocurrido el miércoles por la noche. Sin embargo ahora creo que si lo escribo, si logro reducirlo a simples palabras y someterlo al orden de la tinta sobre papel, de algún modo podrá hacerme menos daño. Incluso, quién sabe, quizá logre encontrarle algún sentido.

La jornada transcurrió con ese aburrimiento triste que provoca el trabajo físico duro. Mis manos mudan como la corteza de los árboles en invierno. Se vuelven ásperas y el olor a desinfectante penetra por las grietas de la piel.

La noticia del día, y de la semana, era que el dueño y señor de los mil fantasmas de este caserón, el asombroso e irrepetible Galissard, regresaba por fin de su viaje de quince días. ¿De dónde venía? Todos se encogen de hombros. ¿Vacaciones? Vaya usted a saber.

No he llegado a conocerlo. Tampoco me lo han presentado. Berta me ha dicho que no tenga ninguna prisa. Ella lo teme casi más que a los inquilinos. Según parece se entiende sobre todo con monsieur Rastignac y el ama de llaves.

Pues si el caballero no muestra interés por mí, la indiferencia será mutua.

O casi. Galissard se recluye en lo que aquí llaman pomposamente la «torre de altamar», tres plantas que sobresalen apartadas del cuerpo principal del edificio, a las que no tengo acceso. Sus muros oblicuos encierran un dormitorio, la biblioteca particular especializada en artes mágicas más completa de toda Francia (al decir de monsieur Rastignac) y el taller donde prepara sus números. Ninguno figura en mi colección de daguerrotipos. Que se lo limpien los fantasmas.

Al llegar la noche y entrar en mi cuarto me sorprendió una claridad nueva. Desde la ventana me alcanzaba el alumbrado de la torre. Con todo, después de un día molida, la curiosidad flojeaba. Otra vez cotillearemos al señor Galissard, pensé. Hoy toca caer como una piedra sobre la almohada.

El empapelado de mi cuarto resulta peculiar. No puedo decir que me transmita buenas vibraciones. Presenta un color como de violetas mustias y sus dibujos repiten un patrón enmarañado, que despliega una complejidad vegetal e hipnótica. A poco que pasees la mirada, te atrapa, empiezas a aislar trazos, a jugar con las tramas y sucede como con las nubes, allí reconoces un rostro, la pata de una pantera, la frontera entre Francia y Prusia... No sé qué tiene el diseño, que las caras surgen siempre torcidas, los animales emergen medio desfigurados, amenazadores...

Cuesta evitar la trampa, resistirse a la caza de las figuras... al repelús de que te sorprendan con su traza desagradable. Con lo cansada que venía y, sin embargo, el relum-

brón de la lámpara me ha forzado a fijar la atención en una
franja del papel, junto a la mesilla. La llama enciende las
filigranas, inflamando un híbrido de selva y geometría. Bajo
la nitidez de la vela cada relieve recorta a cuchillo sombras,
rasgos, contornos. Entonces brota una oreja, se desliza debajo una mandíbula apretada, una nariz partida, un ojo...

Un ojo que se abre y parpadea.

SON SOLO IMÁGENES...

Soplo y apago la lámpara.

Error, Juliette, ERROR.

Ya podía haber sido más precisa madame Vernou
con sus advertencias. «Nunca apagues la luz si la cosa co-
mienza a ponerse fea». Por ejemplo.

Al principio un baño de tinieblas. Luego un resplandor mortecino, el fulgor anaranjado de la torre que repta
desfallecido sobre el alféizar de mi ventana y merodea en la
pared de enfrente. Ahora apenas se intuyen los dibujos del
papel. Lo suficiente para molestarme. Pero ni loca me le-
vanto yo a cerrar la ventana. Ni falta que hace, además.

Porque una sacudida del viento clava los postigos
contra el marco.

Problema resuelto, ¿verdad? Oscuridad total, como le
gusta a mamá para dormir. El empapelado cruje suavemente sobre el muro, igual que el envoltorio de seda de un
sombrero que escapa de su caja. En la nariz, el cosquilleo a
pavo carbonizado relleno de castañas. Como un dedo me
roce el pie, hago saltar de la cama a toda la casa de los
gritos que pego.

Regresan los garabatos para vestir el tabique, anima-
dos por una aurora cenicienta, alimentados quizá por la
fiebre de la luna llena. Ante mí serpentean los tallos afila-
dos, la simetría de las hojas, un río delgado que se derrama

en finísimos afluentes. Y reaparece al punto el pabellón de
una oreja, y la curva del mentón, y el ojo.

El ojo que parpadea.

Y la taquicardia.

¿Cierro los párpados? Mejor, no. Seguro que luego
querrás abrirlos y en ese preciso instante el ojo de la pared
quedará a un palmo. Así que parpadeo lo justo para no
acabar con una conjuntivitis.

Una fosforescencia delicada esboza un cuello, la línea
quebrada en las arrugas de una camisa, la trabilla suelta de
un pantalón corto... Es un niño.

Me tiemblan las manos como a la vieja Bargeton, que
echaba la tarde para enhebrar una aguja. Aun así, prendo
de nuevo la vela. El dibujo de la pared se desvanece.

Ocupa su lugar una sombra. La silueta del mismo
niño. De perfil. Recorro el cuarto con el corazón en la garganta, buscando el cuerpo que la proyecta. ¿CÓMO? ¡NADA!
La sombra NO SE ENCADENA A NADIE. Su contorno da media
vuelta al sorprender mi respiración agitada. ¿Estará de es-
paldas o de frente? Dos ojos luminosos se destacan en la
masa opaca de la cabeza.

¿Será mucho pedir que no hable?

Por supuesto.

—*¿Cómo te llamas?*

Además la preguntita. Georgina Nicolasa Isaac, ¿vale?
Son solo sonidos. Juegos de luces. Qué fácil decirlo, madame
Vernou, sorbiendo un menta poleo en la biblioteca, a las cinco
de la tarde. No sé qué se cocerá ahora mismo en su cuarto,
señora, si duerme a pierna suelta o si el papel de la pared le
está dando la murga. Bien, Juliette, de los cobardes nada se ha
escrito. Vamos allá. Regla número uno: no hables con desconocidos. Y a ti esta sombra nadie te la ha presentado.

—*Hola, me llamo Mathias.*

Vale, se ha presentado ella. Pero eso no cuenta.

—*¿Te he asustado?*

Toma, no. Si te parece...

—*No voy a hacerte nada.*

¡Qué detalle!

A medida que se aproxima, la sombra se infla, el eclipse devora la pared. Sus pies se deslizan sobre el parqué, que cruje bajo un peso invisible, buscando el límite de la cama.

—Estate quieto, tú.

—*Anda, ya me pensaba que eras muda. Si sabes hablar y todo...*

—¡Que no te acerques!

—*Vale, vale, perdona. Es que me deslumbra la lámpara. No distingo bien tu cara.*

—Ni falta que hace. Tú ahí quietecito y que corra un poquito el aire.

—*Ya está. No me muevo* —y ha vuelto a la carga—. *¿Cómo te llamas?*

Regla número... Total, ¿qué más da? Si llevo media hora hablando con él. Mejor le paro los pies. O la sombra de unos pies.

—¿Y a ti qué te importa?

—*Bueno, chica... Curiosidad, no sé. Era un poco por romper el hielo. Sé que te llamas Juliette y que eres la nueva criada. Se lo he oído decir a todo el mundo.*

—¿Y qué más dicen?

Una media luna se ha tumbado panza arriba sobre su cara, donde los demás llevamos puesta la boca.

—*¿Y a ti que te importa?*

Mathias ha imitado mi voz a la perfección. ¡Lo que me faltaba!

—¿Te han dicho alguna vez que como sombra resultas bastante impertinente? Podrías aprender de las demás, fíjate en la sombra de la mesilla si no, o en la del perchero... Ni se hacen notar, las pobres.

Cuando me pongo nerviosa hablo más que un náufrago cuando lo rescatan. Él se ha encogido de hombros.

—*Soy un niño. Bueno, menos que eso: la sombra de un niño.*

Una sombra infantil que fluye en el halo que proyecta la lámpara. A pesar de su piel sutil e intangible ocupa un espacio, un volumen. Oigo cómo sus movimientos desplazan el aire, la carga profunda de su resuello.

—Perdóname la indiscreción, pero ¿estás muerto?

—*¿Importa?*

—A ti el primero, supongo.

Ha dejado pasar unos segundos antes de responder.

—*No querría que te asustaras.*

—¿En serio? ¿Y no te parece un poquito tarde para eso?

—*Lo siento, no era mi intención entrar en tu dormitorio.*

—Vaya, buscabas a monsieur Rastignac para la partidita de brisca.

—*No, trataba de esconderme.*

—Pues siendo una sombra diría que lo tienes bastante fácil.

—*No. Ellos pueden verme tal como soy. Chsssssss...*

Su negrura ha quedado petrificada en una actitud de alerta. Así que los fantasmas también se asustan. Pereza me da de averiguar los motivos.

—*¡Tengo que irme! ¡Me han descubierto!* —por una vez, su voz ganaba en angustia a la mía.

—Nada, nada, por mí no te apures. Tú vete.

Y ha desaparecido. Después de dos horas auscultando los murmullos de la casa, he soplado la vela y por fin he caído rendida.

Berta me riñe y me dice que deje de escribir y que me beba de una vez la leche.

SÁBADO 1 DE NOVIEMBRE

Hace un frío que tirita hasta la nieve que se va amontonando sobre los aleros.

Por suerte, hoy me toca sesión de plancha y durante unas horas, mientras me aburro, disfrutaré del calorcito.

Madame Vernou me ha adjudicado la montaña de ropa sucia que el señor Galissard trajo de su viaje a Ninguna Parte. Sospecho que no anduvo en góndola por Venecia. Mi madre no ha tenido que echarse a la cara manchas como estas en su vida. Nada de zumo de manzana, faltaría más, ni de vino o chocolate. Saco de los baúles unas camisas que parecen dobladas con escuadra y cartabón, sometidas a un orden maniático que rompen las marcas sanguinolentas, los desgarrones y unas extrañas salpicaduras que han corroído los tejidos, como si el señor Galissard luchara a brazo partido contra los mordiscos del ácido.

—Esto no hay quien lo quite.

Berta, que estaba a un tiro de piedra, se ha encogido de hombros.

—La misma canción de siempre. Si ves que se han echado a perder, las aprovechas para paños y bayetas, y si tampoco, pues a la basura. Eso sí, no te olvides de informar a monsieur Rastignac de lo que tiras, para que compre ropa nueva.

Una inspección rápida y la montaña entera al garete.

—Pues sí que debe ganar el señor, con lo que gasta en camisas.

—Uy, una noche sí, otra también, le cuelgan el letrero de «NO HAY ENTRADAS» en las taquillas del Théâtre des Fantômes.

Me ha picado la avispa de la curiosidad.

—¿Has ido alguna vez a verlo actuar?

—Pero qué dices... Con la sesión continua que ya disfrutamos aquí, voy yo a gastarme dos francos en fantasmas. Sé lo que me han contado, y que la cola da dos vueltas alrededor de la plaza Boieldieu.

—Yo tampoco iría ni muerta.

—Pues mira, lo mismo muerta sí que le hacías buen papel.

Fíjate qué sentido del humor bárbaro tiene la Berta. Y yo, sin detectarlo hasta ahora. La ropa limpia del señor, como la sucia, venía como un roscón de reyes: con sorpresa.

—¿Esto también se plancha?

Lo he consultado medio en broma, para aliviar la dentera que me ha entrado al sorprender una máscara de cuero entre unos pantalones blancos. Las facciones duras y su textura de ébano me han hecho confundirla con una talla africana.

—Eso límpialo con una esponja húmeda y envuélvela en algodón para que no se agriete. Le ponen enfermo las arrugas.

—¿Y a quién le gustan? ¿Sale con esta pinta a la calle?

—Hija mía, lo que haga en su torreón a solas, que con su pan se lo coma. Yo siempre lo he visto con una careta puesta.

—Me voy a arrepentir de la pregunta, pero ¿por qué no da la cara nunca?

Berta ha agachado la voz, como si emprendiera una conspiración para derrocar a madame Vernou:

—Quien juega con fuego... Dicen que sufrió un accidente.

El desplazamiento de uno de los troncos en el hogar de la cocina me ha hecho dar un brinco. Y así, como quien no quiere la cosa, Berta ha aprovechado el susto para encasquetarme un relato espeluznante.

La «Jaula del infierno», así anunciaban los carteles de medio Berlín el espectáculo del señor Galissard. Justo después del descanso, el telón se alzaba sobre un gigantesco horno de panadero que ocupaba el centro del escenario. Un ayudante mostraba la carga de leña ardiendo a todo trapo y una columna de mercurio que superaba los trescientos grados. En el silencio expectante del auditorio, se escuchaba entonces una voz que tarareaba alegremente: «Tu amor es un volcán que me quema / que me consume...». El estribillo procedía DEL INTERIOR DEL HORNO. Abrían la puerta y allí asomaba el señor Galissard, vestido con una túnica de algodón. Le arrojaban un filete crudo a los pies y se hacía en el mismo suelo que él estaba pisando descalzo. Semana tras semana había desafiado las llamas y salía ileso. Se ganó el sobrenombre de «La salamandra humana».

Hasta que una noche algo falló. En lugar de la alegre cancioncilla de siempre, por las rendijas del horno escapó una tempestad de gritos, entre bocanadas de humo negro.

Para aumentar el efecto, el mecanismo de cierre del horno dependía de una aparatosa rueda que tenían que mover dos hombres. Así que durante treinta segundos interminables los ayudantes de Galissard lucharon a brazo partido por desbloquear la maldita puerta, mientras los alaridos del mago helaban la sangre de los espectadores. La mayoría, mientras pudo, prefirió pensar que se trataba de una broma de mal gusto. Cuando al fin cedió la compuerta de acero, se derrumbó sobre el escenario una brasa humeante presa de las convulsiones...

—Transcurrió un año antes de que el señor pudiera salir del hospital, envuelto como una momia con gasas empapadas en grasa —y así, con estas palabras, Berta ha dado por finalizado su alegre relato.

Una tarántula de aprensión me ha recorrido el cogote después de rozar el forro de la máscara, esa misma tela que quizá acaricie el rostro de Galissard esta noche. La he aparcado en el cesto, dispuesta a empezar con los guantes de cuero que la acompañaban. Pues no iba a irme de rositas:

—A este guante le falta un dedo —ha sido mi perspicaz observación.

—A su dueño también.

—Entonces todo en orden. ¿El accidente?

—El accidente.

—Juliette, me alegro de que te sobre tiempo para perderlo charlando —madame Vernou ha surgido detrás de una conserva de melocotón, con cara de muy pocos amigos (por no decir ninguno)—. Anda, súbete y dale un buen repaso al comedor. Han venido a desatascar la chimenea y lo han dejado todo perdido. Antes de acostarme quiero ver la madera de ese piso convertida en un espejo.

La señora sabe lo que se hace. El mejor remedio para la curiosidad es el agotamiento. He tirado la tarde batiéndome en duelo contra el hollín. Hemos ganado a los puntos. Ahora, si quiere madame Vernou, que se mire en el reflejo del suelo, aunque dudo mucho que le fascine la vista...

Para rematar el día, el niño-sombra ha repetido la visita. En su favor hay que decir que no ha cruzado en ningún momento la frontera que le marqué la otra noche.

—¿Esto se va a convertir en una costumbre? —le he preguntado desfallecida, dejándome caer sobre la cama.

—*¿No me has echado de menos?*

—Qué quieres que te responda. Yo no diría tanto.

La media luna ha apuntado en la oscuridad de su rostro.

—*Me rompes el corazón, Juliette.*

—¿Acaso tienes?

—*No. Los muertos no tenemos corazón. Solo nos queda el eco de los sentimientos. Aunque apenas recordemos qué los causó, pueden llegar a ser muy intensos.*

De este modo, sin querer, me ha respondido a la pregunta que el otro día dejamos en el aire.

—Así que estás muerto.

Muerto y callado como un muerto, al menos durante unos segundos.

—*Tarde o temprano te ibas a dar cuenta, ¿verdad? Pero bueno, «el muerto al hoyo y el vivo al bollo». ¿Tú estás bien? Parece como si esta noche cargaras el peso del mundo sobre los hombros.*

¿Qué clase de vida llevas cuando la única persona que se preocupa por ti está muerta? He premiado su interés con un arrebato de sinceridad.

—Me siento sola y esta casa me pone de los nervios, ¿cómo lo ves?

Su espalda se ha arqueado en un signo de complicidad.

—*¿Y no has pensado en hacer las maletas?*

—Desde el primer minuto. Como todas las demás, supongo.

«¿Como todas las demás?». Nada más soltar esas cuatro palabritas me ha entrado el coraje. Qué vanidad más tonta, ¿verdad, Juliette?, pero te fastidia compartir tu debilidad con unas perfectas desconocidas. ¿No decía monsieur Rastignac que yo le parecía bastante más espabilada? «Soy mejor que ellas», he dicho para mis adentros, sin encontrar ningún motivo para poder afirmarlo. «Esas pelagatas no te llegan ni a la suela de los zuecos, hombre».

Mathias seguía el hilo de mis pensamientos como si se los telegrafiaran desde Villa Fantasma.

—*No se trata de una competición, Juliette. Yo en tu lugar saldría escopetada. Ojalá tuviera elección...*

—Pero no la tienes...

—*¿Adónde iría? Nadie me espera en ninguna parte y mi aspecto tampoco invita a hacer nuevos amigos, ¿no crees?* —su silueta ha encogido al tiempo que se le adelgazaba la voz—. *Salvo mi madre, quizá...*

—Pensaba que eras uno de los niños del orfanato. ¿Tu madre está viva?

—*Lo estaba entonces. No sé cuánto tiempo ha pasado desde... que me fui. Qué más da. No recuerdo quién era ni dónde vivía. Y perdí sus cartas.*

Cuando hablo con alguien no suelo reparar en su sombra, así que nunca había caído en la cuenta de lo expresivas que llegan a ser. No me cuesta deducir que, por segunda vez, yo no soy el motivo de su visita.

—¿De quién huyes?

SÁBADO 1 DE NOVIEMBRE

—*DE LOS OTROS NIÑOS.*

Antes de darme cuenta, he formulado la pregunta más peligrosa que puede hacerse en una casa encantada:

—¿Por qué?

Ha permanecido callado, barajando un amplio abanico de respuestas, la mayoría mentiras, supongo.

—*No les caigo bien.*

—Pero si eres encantador.

—*Ellos no tanto.*

Puf… En cuanto nos adentramos en terreno pantanoso la pereza me vence. Y en un día como este se me pegan las pestañas.

—Mathias, ¿has limpiado alguna vez una chimenea por dentro?

—*¿Para qué? Cuanto más hollín, resultan más acogedoras.*

—Ya, pues creo que acabo de hacerte la pascua con la del comedor. Si quieres, mañana seguimos de palique, pero en este momento me caigo de sueño.

—*Claro, perdona. Buenas noches, Juliette. ¿Te importa…?*

—Quédate si quieres, pero no me traigas a tus amigos. Hale, nos vemos en mis pesadillas.

He soplado la llama de la lámpara y entonces se ha producido el episodio más sobrenatural de todos. Me he escurrido dentro de la cama, he dado media vuelta y he caído profundamente dormida.

¿Me estaré inmunizando contra el miedo?

LUNES 3 DE NOVIEMBRE

Salimos de dudas: no estoy inmunizada contra el miedo. Al menos, no todavía. Hoy recibí un nuevo pinchazo, y vaya si sigue doliendo.

Al caer la noche me asomé a la ventana para disfrutar de los tejados de París... y espiar a mis anchas a la salamandra humana, o lo que quede de ella después de la gran barbacoa. La torre de altamar borraba las estrellas del cielo con su luz insalubre, igual que un faro empeñado en atraer barcos fantasma contra los arrecifes.

Como todo artista que se precie, Galissard se ha hecho esperar un poquito. Empezaba ya a notar cierto dolor en los codos, clavados en el antepecho, y un hormigueo en los pies, cuando se han recortado tres siluetas en el último piso de la torre. La más alta correspondía al mago y «dos niños» lo acompañaban. Él se escondía tras una máscara dorada, como de rey Sol, alrededor del cual giraban sus dos oscuros planetas. Sostenía en alto un libro abierto, pero las palabras del encantador, al contrario que la luz, no llegaban hasta mi cuarto.

Y chica, que no podía apartar la vista. Ignoro la razón, si era la macabra iluminación de la torre, o el resplandor en el oro de la máscara o la cadencia de sus movimientos, como la danza que despliega el leopardo en torno a los antílopes.

Entretanto, uno de los niños ha percibido mi presencia de algún modo.

Se ha vuelto buscándome y he distinguido perfectamente en la oscuridad de su rostro dos ojos incandescentes, donde despuntaba un fuego abrasador que lo consumía.

Era tan intensa mi concentración en la escena, que su mirada me ha herido como un disparo. Por poco reviento el postigo de la ventana del golpe que le he metido para cerrarla.

MARTES 4 DE NOVIEMBRE

Berta llevaba razón: chica, qué prisa tenías en conocer al señor Galissard.

Monsieur Rastignac me abordó justo después del desayuno, mientras me entregaba al noble arte de sacar lustre al latón de los pasamanos. Bajo el barniz de gentileza y buenas maneras se le transparentaba un profundo malestar.

—Hola, Juliette. ¿Cómo estás? —no le interesaba la respuesta: ha ido al grano sin esperarla—. Necesito que esta noche me ayudes a servir la cena. El señor Galissard tendrá un invitado.

Le sabía mal pedírmelo. Su preocupación ha duplicado su encanto.

—Está bien, no me importa quedarme a trabajar hasta tarde.

«Ese no es el problema, bonita», me han contestado sus ojos.

—El invitado será… cómo te diría yo, un tanto especial.

En otras palabras, que había gato encerrado. O una gatera entera. Me encogí de hombros. Para qué ponerme a bailar antes de que suene la música.

—Ya me imagino que, en el número 81 de la rue Mesmer, los invitados irán a juego con el entorno.

Él ha forzado una sonrisa que venía a decir: «Sigues sin hacerte una idea de lo que te estoy hablando». Lo que ignora monsieur Rastignac es que llevo un cursillo acelerado en la escuela nocturna de los sobresaltos.

No he vuelto a pensar en ello hasta última hora de la tarde, al entrar en la cocina. Sobre la mesa me ha deslumbrado el azúcar, en todo su esplendor de confitería: tartas, flanes, helados, pasteles...

—¿Es que va a cenar con un niño?

Berta ha redoblado el ritmo con la espumadera.

—Prefiero no saberlo. Yo me limito a batir huevos y cumplir órdenes.

La cena se celebraba en uno de los aposentos de la torre. Después de pasar revista a mi uniforme, monsieur Rastignac me ha servido de guía. Vestía su levita de gala, que le da un aire de cigarra, y traía un humor más sombrío de lo acostumbrado, como si cumpliera órdenes a disgusto. Esta parte del edificio recuerda una ruina medieval, donde las alfombras y los tapices abrigan el deterioro de los gruesos muros del torreón.

Antes de abrir la puerta, con el guante impoluto de algodón ciñendo el pomo, me ha susurrado al oído.

—Tú no te preocupes, Juliette. Recuerda que estaré siempre un par de pasos detrás de ti.

Cuando alguien te pide que no te preocupes en una situación en la que no tendrías por qué preocuparte, entonces sí que te preocupas. Vaya si lo haces.

He encajado la presencia de Galissard bastante bien, creo. Con un sudor frío, mariposas en el estómago, la respiración entrecortada y un ligero temblor que se me ha disparado en el párpado.

Nada más entrar en el aposento, me lo he encontrado de cara. Siendo un maestro de la puesta en escena, juraría que ha dispuesto hasta el último detalle para causarme una determinada impresión. Su invitado me daba la espalda, oculto por el alto respaldo de una butaca tapizada en paño verde. «Tiene que ser un niño», pensé, «porque las piernas no le asoman por debajo del asiento».

A la habitación le sobraban muebles para armar el escaparate de una tienda de antigüedades. El propio Galissard parecía un capricho de anticuario, una gigantesca marioneta que se movía al dictado de unos hilos de plata. Tampoco puedo afirmar que lo haya conocido realmente, solo he visto una máscara escarlata, con el relieve de una calavera, y una melena postiza que se le derramaba en bucles sobre los hombros. Pero nadie confundiría sus ojos con los de un muñeco.

—Hola, Juliette. Me alegro de conocerte.

Qué maravillosa voz para entonar sortilegios. Posee el encanto de la música, porque salta por encima de las palabras y se ceba directamente en los sentimientos. Por desgracia no interpreta una música alegre. Envolvente, sí, irónica, también. Y lúgubre. Maniobra como una daga, que en un segundo se te ha clavado en el corazón.

—Para mí también es una alegría conocerlo, señor.

—¿Te tratan bien madame Vernou y monsieur Rastignac?

—No me puedo quejar.

Galissard ha mostrado su aprobación deshaciendo uno de los tirabuzones de su peluca.

—Ya era hora de que encontrásemos una inconsciente que no saliera huyendo a la primera de cambio —su mano enguantada de cuatro dedos ha señalado al frente—. Te presento a mi invitado, el joven Camille Signac. Aunque creo que ya os conocéis.

Me he girado con la intención de saludarlo. Y en ese momento, justo cuando creía que lo tenía todo controlado, he patinado sobre la cuerda floja. He aprendido una lección curiosa: cuando sufres una verdadera conmoción los brazos pierden de pronto su fuerza y no alcanzan a sostener ni el peso del aire. No tiene por qué suponer un problema... salvo que cargues con algo que pueda romperse.

La bandeja se ha estrellado contra el suelo, bombardeando el parqué de chocolate y vainilla, y barriéndolo con una lluvia fina de cristalitos.

Sobre el asiento de Camille Signac descansaba un cojín de terciopelo, sobre el cojín, una peana circular de madera, sobre la peana, la cabeza de un niño. Lo he reconocido por una de las fotos del pasillo que conduce hasta el barracón de las momias. La cabeza parpadeaba, avivando la malicia de su mirada:

—Sí que nos conocemos. Nos vemos todos los días.

Que no se me olvide un detalle: la cabeza nacía directamente de la peana de madera, sin hombros ni cuerpo donde apoyarse.

Camille tiraba en vano de su pescuezo degollado, tratando de adivinar la catástrofe del suelo.

—De verdad que me apetecía ese helado.

¿Y dónde lo vas a meter?

—¿Te importa lamer el suelo? —ha sido el comentario, francamente desagradable, de Galissard, mientras apuraba una copa de oporto detrás de la máscara.

—Hay más en la cocina —monsieur Rastignac ha acudido solícito al rescate, con una escoba y un recogedor.

—Juliette, entiendo que el servicio de esta casa te resulte... algo insólito —la música de Galissard ha desplegado un adagio decepcionado—. Si no te ves con ánimo, o no te encuentras a gusto, nadie te obliga a permanecer con nosotros.

¿Nadie? Como se nota que la marioneta con pelucón no conoce mi amor propio.

La sangre que bombeaba el corazón a cien por hora se me ha subido en un soplo a las orejas, haciéndolas florecer como amapolas. Me moría de ganas de echar a correr y no parar hasta llegar a Tissandier... Al tiempo, sabía que la razón estaba de mi parte. Después de alternar con una cabeza parlante tenía todo el derecho del mundo a estrellar contra el parqué siete bandejas de plata. No sé qué me pasa, pero cuando tratan de avasallarme me pongo hecha una fiera.

Le he regalado a Galissard una sonrisa desafiante:

—Siento lo que ha pasado, señor. No se repetirá —me he vuelto hacia Camille—. Gana bastante al natural, señor: el blanco y negro de las fotos no le hace justicia. Ahora mismo le traigo su helado.

Así me las gasto yo. He notado el roce de la sonrisa de Galissard bajo la máscara escarlata.

Con verme la cara al entrar en la cocina, a Berta se le han erizado los pelillos de las pantorrillas.

—Ni me lo cuentes, Juliette.

—No pensaba hacerlo. ¿Queda más helado?

—Para un regimiento.

—Pues marchando.

Me ha ayudado a repartir los cuencos sobre la bandeja, porque tenía yo el pulso para robar panderetas. La temperatura de los helados me ha devuelto la sangre fría. He servido el resto de la cena sin un tropiezo, sin rehuir la mirada del niño ni los ojos curiosos de la máscara. Incluso me he permitido ayudar a Camille dándole el tiramisú con la cuchara como si fuera un bebé. Escalofriante, ¿verdad?

Para mí que hemos terminado la partida en tablas.

Después de retirar el último plato me he quedado rezagada para fisgonear detrás de la puerta. Monsieur Rastignac discutía con el mago.

—¿No está llevando las cosas demasiado lejos, señor?

—Lejos, cerca... querido Nathan, todo depende de dónde se coloque uno.

—No quiero que me malinterprete, señor, pero me atrevo a sugerir que se le está yendo la situación de las manos. El patio anda más revuelto que nunca. Me pregunto hasta qué punto puede garantizar nuestra seguridad. Ignoro lo que trajo de su viaje a México ni qué clase de rituales ensaya últimamente en el sótano de la torre, pero los niños se están volviendo cada vez más poderosos.

La voz de Galissard ha mantenido su atractivo y por eso mismo ha resultado doblemente amenazadora.

—Nathan, tiene más razón que un santo. Falta poco para que la situación se me vaya de las manos. Ese es el punto al que pretendo llegar para cumplir mi objetivo. Le digo lo mismo que a esa encantadora provinciana: si no se encuentra a gusto, es muy libre de hacer las maletas. Usted tardaría cinco minutos en colocarse en otra casa donde le pagarían solo un poquito peor.

Rastignac no ha respondido o, de hacerlo, no me han llegado sus palabras. Aprovechando el espesor de las alfombras, he corrido hasta la cocina antes de que alguna cabeza parlante me hiciera la zancadilla.

ENCANTADORA PROVINCIANA: si mezclas un halago con un insulto en la misma frase siempre gana el insulto. Por primera vez he sentido el impulso de tirar la toalla y, después, de recogerla, enrollársela a Galissard alrededor del pescuezo para estrangularlo. Pero ya no es solo mi orgullo lo que está en juego. No hago más que releer la carta que me llegó con el correo de la tarde. Mi madre no se anda con zarandajas. Frente a sus ataques de lumbago y la polio de Josephine, mis apuros con los fantasmas parecen una partida de parchís. Ahora no se pueden permitir que deje de enviarles dinero. Así de sencillo.

Está bien. Me vendría que ni pintado un masaje. Tengo más nudos en la espalda que cuentas un rosario. Pero de aquí no me echa nadie. DE MOMENTO.

Miércoles 5 de noviembre

La historia viene así: las criadas se asustan, se largan o se las comen crudas los difuntos. Y los suelos, sin fregar. La mugre se acumula en lo alto de los armarios o en el fondo del paragüero, y la tonta de Juliette, que se asusta igual que las demás, que oye las mismas voces, que huele a quemado y parlotea con cabezas cortadas, no se larga. No señor. Como es una valiente se queda. Pues hala, ya sabes para quién es el estropajo.

Cuando andas con prisas, la memoria todo lo simplifica y recuerdas que había menos calles antes de llegar a casa... Y a medida que corres se van interponiendo plazas y bulevares con los que no contabas.

O pasillos.

¿Alguna vez te habías internado por este corredor empapelado con cañaverales de color lila al salir del dormitorio de madame Vernou, camino del barracón de las momias? Los dibujos son demasiado horrendos para pasarlos por alto.

Será que no te acuerdas bien. Las prisas, Juliette, las prisas... que mira que son malas consejeras. ¿Por qué no se

entretendría monsieur Rastignac en sacarle fotos a los pasillos? Así saldríamos de dudas.

Para cuando me convenzo de que en mi vida había
pateado la tarima ennegrecida de este pasaje, que parece la
corteza requemada de un bizcocho, es demasiado tarde.
Cualquiera diría que has cruzado una puerta que no estaba
en su sitio, ¿eh, Juliette? Pues sí que estamos bien. Las habitaciones prohibidas... Casi noto la mirada afilada de Galissard clavada en el cogote. Tratemos de deshacer el camino
andado, y rapidito, aunque me da en la nariz que no te lo
van a poner tan fácil.

Lo suyo sería que al volver sobre mis pasos atravesara
exactamente los mismos pasillos que me trajeron hasta
aquí, pero en «fantasmilandia» no esperes que la lógica te
lleve a ninguna parte. Mala suerte. No hago más que doblar
recodos y vagar por pasadizos cada vez más estrechos. Y
cada uno supone la misma y desagradable novedad. A cada
paso se intensifica el tufo a pavo carbonizado, hasta el punto de que si cerrara los ojos me trasladaría de inmediato
hasta la cocina de Tissandier, a esa precisa tarde de Navidad donde sorprendería de nuevo el desmayo en el rostro
de mi madre al abrir la puerta.

Me agobian estas apreturas y no me ayuda nada el
relieve en el papel de las paredes, que se inflama monstruo-
samente. En algunos trechos los motivos geométricos sobresalen hasta separarse de los tabiques como las raíces de
un árbol maligno. Estas raíces no buscan el agua o las sales
de la tierra: me buscan a mí. Llega un momento en el que
me arañan las mejillas. Se me enganchan en las pulseras y
en el pelo, dándome tirones cuando intento avanzar. ¿En
qué instante me dormí mientras caminaba y caí en el pozo
de esta pesadilla?

Sin comerlo ni beberlo aquí estoy, enredada en el dibujo de las paredes, atrapada en esta tela de araña viva que pretende incorporarme a los diseños del papel. Ante lo absurdo de la situación hasta suelto una carcajada, una risa histérica que se corta nada más reverberar en la espesura. La luz ha encogido hasta prácticamente desvanecerse. Entonces caigo en la cuenta de que la gracia de las telas está en las ARAÑAS que las tejen. Y no para hacerse unos patucos, sino para devorar a sus presas. Escucho que las raíces susurran con un roce que no causa el forcejeo con el que trato de liberarme. Al fondo, una araña se desprende del muro vegetal con un golpe sordo. Es grande como un cordero. En sus ojos arde el mismo fuego que sorprendí en los niños de la torre. Sale a mi encuentro.

El hedor a carne abrasada se agudiza hasta provocarme arcadas. Se ha hecho completamente de noche en el pasillo. Cloc, cloc, cloc. Se desprenden las arañas igual que melocotones podridos. Tres, cuatro, cinco... Pero no son arañas. Son los niños del orfanato. Gracias a dios la oscuridad no me permite distinguirlos bien. Por el calor y el olor nauseabundo que despiden, cualquiera diría que acaban de salir del horno de Galissard. Entre la peste y el ahogo de las raíces siento que voy a desmayarme. Cloc, cloc, cloc, susurra la espesura, descubriendo su nido de alimañas. Seis, siete, ocho...

Van a por ti.

Una mano áspera me tizna la frente con su carbón grasiento. De un tirón logro soltarme. La única iluminación procede del fuego en la mirada de los niños y ahora están por todas partes. Me rodean como las velas en una procesión de viernes santo. Un crujido de cebollas se desata a mi espalda mientras procuro abrirme camino a trompicones hacia no sé dónde. Lejos, lejos. Muy lejos de aquí. POR FAVOR.

Un niño-araña sopla su aliento ponzoñoso en mi oído. ¡Estos churrascos se están tomando demasiadas confianzas! Instintivamente le clavo un codazo en el morro y desgarro la red que me aprisiona. ¿Qué pasa?, así nos las gastamos en Tissandier. Es lo que tiene criarse en un pueblo donde los chicos son más brutos que un arado y las mulas que tiran de él.

La enredadera que brota de las paredes trata de retenerme, pero la verdad, van a tener que inventarse algo mejor, no será por falta de motivación para echar una carrerita. Rasgo el velo de las telarañas, machacando un suelo de bosque otoñal que gime y restalla con su costra de hojas secas. Tardo segundos en darme cuenta de que la madriguera se bate en retirada, las raíces se repliegan en la deformidad de las paredes, regresan a los dibujos torcidos del papel. Piso de nuevo los corredores y... ¿todo vuelve a la normalidad? Bien, chica... Ni hablar. Echo un vistazo por encima del hombro para calibrar la magnitud del desastre, anticipando con un escalofrío el aspecto de mis perseguidores a la luz de los mecheros de gas. En efecto, Juliette, sus cuerpos no tienen nada que envidiarle al pavo de Navidad: el mismo cutis terso y sin arrugas. Al menos han tenido la delicadeza de cubrirse con la colección de máscaras de Galissard. No hay dos iguales, todas comparten unas facciones primitivas y aterradoras.

Las fotos de los pasillos repiquetean a mi paso. El fondo de las imágenes muestra el viejo orfanato en llamas y en ellas los niños se retuercen, gritan y jalean a sus compañeros. Es difícil adivinar si a causa de las dentelladas del fuego o exaltados por el vértigo de la persecución. Desde luego no me voy a detener para salir de dudas.

—*Venga, Frédéric, no te quedes atrás. ¿Se os va a escapar esa raaata de pueblo?*

—*Cinco francos a que ese peeerro rabioso de Philipe la mueeerde.*

—*¡Arrrrráncale el pelo, Honoré!*

Mira que sois majos.

Al frente, los pasillos se bifurcan. Una encrucijada.

¡Encima tengo que pensar!

La indecisión frena la marcha. Se me echan encima. Unos dedos quebradizos me tientan el pelo.

—*Juliette, por el pasillo de la derecha.*

¡Mathias! En uno de los cuadritos con marco de regaliz se agita una sombra, haciéndome señales para que tome una de las direcciones.

—*Por el de la derecha. Por el de la derecha, te digo.*

Vale, vale. ¿La derecha? ¿La izquierda? El mundo se ha vuelto tan confuso... ¿Se refiere a este?

—*¡El otro!*

Por poco me como la esquina. En la retina se me graba el cerco de una puerta al fondo. Las puertas se abren y se cierran. Sobre todo se cierran. Es mi única oportunidad para escapar. Además la reconozco: es una de las entradas al barracón de las momias. ¡He conseguido deshacer el camino andado!

El clamor de los niños alcanza un extremo ensordecedor, dominados por la excitación de la cacería, fundiéndose en un solo gruñido depredador.

Mi mano se pega al pomo igual que un imán. El puro terror funciona como un filtro que borra la información de los sentidos. Y los míos me están gritando que algo sucede detrás de esa puerta. La manija retiembla, golpeándome los dedos, como si al otro lado me saliera al encuentro una estampida de rinocerontes.

Demasiado tarde para rectificar. La abro de un tirón, entro y descargo contra ella todo el peso de mi cuerpo. Que sea lo que dios quiera. Siento en los párpados cerrados la bofetada de un huracán. La intensidad de la luz me deslumbra. Bienvenida al «barracón de las momias». Bienvenida al día de la resurrección de los pájaros disecados.

Un estallido de alas me estremece de la cabeza a los pies: los búhos, las águilas, los faisanes han cobrado vida. Hasta los cuervos han roto la atadura de los lienzos, rasgando las pinturas, abriendo boquetes en los maizales para dejarlos desiertos. Su plumaje azota la habitación, alborotando las cortinas, poseídos de una ira sobrenatural, sus graznidos me acuchillan los oídos, se ensañan rayando los cristales, desgarrando los manteles, sacándole el corazón a la madera de los muebles. Me abro camino a manotazos entre el dolor de las picaduras, atravieso la habitación, me sumerjo en una alucinada sucesión de cuartos...

Me he caído, me he vuelto a levantar, me he clavado en la cadera una barandilla, me he llevado una rinconera por delante con su jarrón y sus tres claveles en agua, me he lastimado una mano y me he torcido un tobillo.

Como la brújula de mi padre, he perdido el norte y lo he encontrado en todas partes.

El caos y el aturdimiento solo han amainado una eternidad después, cuando el agotamiento me ha tirado al suelo...

¿El suelo de dónde?

He tardado en reconocer el establo: los montones de heno, las tablas del cobertizo, un gorrión que acechaba tímidamente un reguero de granos... Sentada al borde mismo de la locura, los detalles cotidianos que el sol alumbraba sin malicia me han traído de vuelta poco a poco. Más o menos. Y allí estaba Jules, el eterno ausente, el mozo de cuadra, cepillando el lomo de un percherón color de vino.

En cualquier otra casa, la irrupción de una chica del servicio lívida, con los pelos de una medusa y en un tris de desmayarse, merecería al menos un «¿Qué te ha pasado? ¿Te encuentras bien?».

Aquí, en la morada de los tropecientos mil fantasmas, el mozo se ha limitado a levantar una ceja y soltar:

—Buenas tardes.

Tan tranquilamente. Y ha seguido dale que dale, enfrascado en el trasero del caballo. Se me han cruzado los cables y le he arreado tal guantazo que el cepillo se le ha escapado de las manos, con un doble salto mortal que ha terminado en el cubo de agua. Ni por esas se le ha descompuesto la sonrisa.

—Eso ha dolido.

—¡¿Es que aquí se ha vuelto loco todo el mundo?!

Ha encajado bien los gritos.

—Perdona, pero en este momento la única que suena como una chiflada eres tú. Vale, tampoco me mires así. ¿Te ha pasado algo?

Le he relatado mis sobresaltos en el mayor desorden imaginable, y él como si le contara que había pasado la tarde admirando la colección de hilos de colores de la tía Margot.

—¿No me crees?

—¿Y por qué no iba a creerte?

—¡Porque ni te inmutas!

—¿Y por qué iba a hacerlo? Te diría que incluso has tenido suerte. Ya te acostumbrarás. O no. Y entonces te irás. Problema resuelto.

Ha debido de olerse quién tenía todas las papeletas para el segundo guantazo y ha ido suavizando el tono sobre la marcha.

—Sé de otra casa donde están buscando una chica para el servicio.

—Y tú, ¿por qué no te vas?

—Porque chica, a mí todo el tinglado este de los espíritus como que me resbala... En el fondo se comportan igual que los perros, si te huelen el miedo estás perdido, pero en cuanto pasas de ellos... Por mí como si organizan una fiesta de pijamas. Además, trabajo para más de un patrón. Aquí solo vengo de vez en cuando, cuando me llaman.

Quince minutos después de conocerlo, la adrenalina me ha permitido por fin fijarme en él. Debe de tener veintitantos años y una mirada que gana en indiferencia a todas, incluyendo las del tío Étienne y su mula Tatou. Jules carga con la espalda encorvada, como si le pesara o siempre se estuviera encogiendo de hombros. Los párpados le patinan sobre la humedad de los ojos, a un paso de rendirse al sopor. Su rostro resultaría atractivo si no lo echaran a perder un flequillo cortado a tazón (más bien a orinal) y una tonelada y media de apatía.

—Si todo te da igual, no te importará decirme qué demonios fue lo que pasó aquí y qué puñetera mosca le ha picado a estos fantasmas.

—¿Es que no te lo han contado ya?

—¿Ves? Todos os andáis por las ramas. Pues no, nadie me ha contado nada. Solo me han atizado un manual de instrucciones que no sirve ni para envolver un bocata de sardinas.

—Pues tampoco te has perdido gran cosa —Jules no se ha molestado en tapar un bostezo colosal: puedo garantizar que le operaron de las amígdalas—, si en el fondo la historia no vale una castaña.

—Genial. ¿Te importaría compartir conmigo tu aburrimiento?

—Bueno, si te vas a poner muy pesada... —ha tomado impulso con un suspiro—. Te lo cuento en dos patadas. A los dos años de que trasladaran el orfanato aquí, se declaró un incendio en el dormitorio. Habían acomodado a los niños de mala manera, por algo eran huérfanos que no importaban a nadie: nada menos que cien y los confinaron en un sótano sin ventanas, en literas de hasta tres pisos. Al parecer, había un chico que no podía soportar la oscuridad y que dormía siempre con una lamparita de petróleo encendida. La dejaba apoyada en el suelo, al pie de la cama. Después de las reformas que emprendió Galissard este caserón tiene un pasar, pero entonces el edificio se caía a pedazos y las corrientes de aire eran como el fuego cruzado del enemigo. Supongo que la mayoría de las veces el viento apagaba la llama.

Se veía venir: los párpados se le han cerrado definitivamente. He tenido que sacudirle el hombro, como un mono a un cocotero, para que se espabilara.

—Perdona, ¿por dónde iba?

—La lámpara en el suelo.

—¿Mmmhh? Es verdad. Bueno, no sé muy bien qué clase de apaño montó el chaval para que aquello ardiera mejor y no se le apagase justo cuando llegaban sus peores pesadillas, el caso es que una noche el viento no extinguió la lumbre, todo lo contrario: hizo que prendiera en la madera del piso, después avivó el fuego y organizó un incendio en toda regla. La suerte no estaba del lado de esos críos. Fue uno de los veranos más sofocantes de los últimos treinta años y la madera estaba más seca que la chepa de un lagarto.

—¿Y?

—Pues ya podrás imaginarte... El dormitorio ardió como la yesca.

—Y no salieron todos gritando: «¡fuego!, ¡fuego!».

—Gritar, supongo que sí gritaron, pero no lograron abrir la puerta. Alguien los había encerrado en el sótano.

—¿Y quién pudo hacer una cosa así?

Las pupilas de Jules se han aguzado inesperadamente.

—Otro niño.

El corazón me ha dado un vuelco.

—Mathias...

—Os encandila a todas con su teatrillo de sombras chinescas, ¿verdad?... Pues ese chico tan simpático se le había atravesado a unos cuantos matones del orfanato. No lo dejaban tranquilo ni en pijama, así que en cuanto podía se escapaba fuera del dormitorio y, claro, los otros salían detrás. Esa noche atrancó la puerta para evitar que lo siguieran. Sin saberlo, estaba enterrando a sus compañeros en un fogón.

—Es una historia horrible.

—¿En serio? —Jules ha logrado encogerse de hombros más todavía—. Bah, son cosas que pasan. No merece la pena darle más vueltas.

—¿JULIETTE?

Qué tendrá madame Vernou que siempre te alegra el día. Sus manos sostenían los añicos de porcelana de un jarrón y un manojo de claveles.

Pero qué hartita me tiene esta casa.

JUEVES 6 DE NOVIEMBRE

Me cuesta un triunfo levantarme. Cada día se presenta como un frasco hermético de confitura cuya tapa se te resiste. Canta el gallo en el corral y de lo único que me entran ganas es de estrangularlo. Dejadme tranquila, por favor. Calentita entre las sábanas, no siento el menor interés por aventurarme en esa mañana nueva que se me viene encima. No sé qué me traerá, pero cuento con la certeza de que no me hará ninguna gracia.

Aun así, después de jugar unos minutos con la idea de no levantarme, tiro de la sábana. ESTÁ BIEN, resoplo. Y ruedo fuera de la cama.

Viernes 7 de noviembre

Llevo las manos heladas. Y no solo las manos.

Me siento vulnerable ante un soplo de viento. Como si un portazo, un silencio, una palabra mal dicha pudieran barrerme del mapa con la facilidad con la que yo arrincono las pelusas.

Echo de menos a mamá y a los mellizos, y pellizcar los mofletes de Jaques. Y los insoportables berrinches de Éve. Y los acantilados de Tissandier, que desmenuzan su piel en migas de tiza blanca, con las que puedes pintar corazones en las rocas de la playa.

Y a mi padre. Echo mucho de menos a papá.

SÁBADO **8** DE NOVIEMBRE

El diario se termina…

Después de la tregua de rigor, Mathias ha vuelto a refugiarse en mi cuarto. Me ha dejado dos días de margen, para que no me desquicie del todo, supongo. También podría cortarse un pelo porque, a pesar de que disfrutemos de una cierta confianza, a punto ha estado de darme un infarto cuando lo he visto aparecer. CON SU NUEVO ASPECTO.

—*Buenas noches, Juliette.*

¿Buenas? Lo que tú digas, chato.

Ya no era la sombra que me había acostumbrado a tolerar, eclipsando los dibujos de la pared. Se ha transformado en otra cosa, en una presencia translúcida. Ahora distinguía sus rasgos, aunque parecieran pintados a la acuarela sobre una nube, tenues, vaporosos. Lo que vulgarmente se conoce como un espectro, vamos, una criatura del más allá a la que solo faltaba una sábana encima, arrastrar unas cadenas y ponerse a soltar alaridos.

—Te veo mejor que nunca —no he podido evitar cierto tartamudeo.

—*Peor que nunca, querrás decir. La hechicería de Galissard va obteniendo sus frutos. Nos está devolviendo a la vida, Juliette. O más bien, nos acorrala en una especie de duermevela, donde no duermes, ni despiertas del todo.*

—¿Y para qué os quiere? ¿Para jugar al pañuelo?

—*Quiere recuperar su cara y sanar la piel que perdió en el accidente.*

—¿Y se la vais a devolver vosotros?

—*En cierto sentido.*

—Pero si salisteis incluso peor parados que él. ¿Qué le podéis ofrecer?

—*¿Sabías que ha reunido una de las mejores bibliotecas mágicas del mundo?*

—Eso me contó Rastignac, que tiene que pasarle el plumero a todos sus libracos.

—*Pues una tarde aciaga, de entre un millón de páginas tuvo que tropezar precisamente con ese oscuro tratado de alquimia egipcia. Allí leyó la frase que lleva royéndole la cabeza desde entonces, sin descanso: «Para reparar un daño irreversible someterás bajo tu dominio a cien espíritus que lleven la misma marca de tu infortunio».*

—Promete más que la receta del pollo al curry.

—*Piénsalo, Juliette. ¿Dónde iba a encontrar Galissard a cien espíritus que hubieran ardido como él?*

—¿En el infierno?

—*Lo mismo le pillaba un poco a trasmano. La tragedia que sobrevino en este lugar le ofrecía de golpe todos los ingredientes para el conjuro. En cuanto llegó a sus oídos la historia del hospicio de Saint-Antoine, no se detuvo hasta comprar la mansión. Casi se la regalaron. A la gente no le gustan las habitaciones con fantasmas.*

—No logro entender por qué.

—*A lo que iba, Juliette: tienes que marcharte. Galissard está jugando con fuerzas que le vienen demasiado grandes. Nos va a arrastrar a todos en su naufragio, así que cuanto antes abandones el barco y pongas tierra de por medio, mejor. Y si son leguas mejor que si son kilómetros.*

Si todavía me faltaban argumentos para renunciar a mi divertido papel de sirvienta del caserón encantado, Mathias me estaba sirviendo en bandeja media docena.

—¿Ahora mismo?

—*Antes querría pedirte algo.*

—Acabáramos.

Malo que empezara dando un rodeo...

—*Yo no corrí exactamente la misma suerte que el resto de los niños.*

—Se nota, tienes mejor pinta. Tampoco quise decírtelo antes para que no se te subiera a la cabeza.

—*Me hallaba fuera del dormitorio cuando se produjo el incendio.*

Mathias maniobraba con cautela entre las palabras, como de puntillas. He preferido hacerme la tonta.

—¿Por qué? ¿Habías hecho una excursión a la despensa?

—*No lo recuerdo bien. Creo que un par de chicos me hacían la vida imposible y que durante las noches me escapaba. El humo me asfixió en este cuarto mientras dormía.*

De verdad, no hay manera de evitar los detalles chungos conversando con un fantasma.

—Si no te chamuscaste, ya no le sirves a Galissard...

—*La magia no es una ciencia exacta, le valgo más o menos. Quedé ligado a este sitio y al destino de los demás niños, pero su sortilegio no ha logrado encadenarme del todo.*

—Por eso te persiguen los huérfanos.

—*Exacto. Y por eso no puedo volver al barracón.*

—¿Y qué se te ha perdido allí?

Atención, llegábamos al meollo del mal rollo:

—*Quiero que vayas hasta mi litera y que recuperes mi baúl. En él guardaba las cartas que me escribía mi madre. Así averiguaré quién es y dónde vive.*

—A ver si lo he entendido bien, me estás pidiendo que me meta en la madriguera de los fantasmas a la brasa, que encima, están en su momento de mayor esplendor...

—*Esto te protegerá.*

Ha hurgado en un bolsillo y sus dedos de humo han sostenido en el aire un objeto nítido y perfectamente tangible: una campanilla. Con un golpe seco, la ha descargado sobre la mesita de noche. Al recogerla me ha desconcertado su peso. Aunque reluzca con su piel de plata apostaría a que guarda un corazón de plomo. La agito suavemente, pero no suena.

—*¡Chsss!* —se ha sobrecogido Mathias, llevándose las manos a las orejas.

—¿Qué? Si le falta el badajo, no suena.

—*Tú no puedes oír su tañido, pero te aseguro que acabas de armar una matraca bárbara.*

¿Me toma el pelo? Antes de que alcance a darme cuenta, la propia campana ejerce sobre mí una singular atracción. Su tacto contradice el de los metales corrientes, resulta cálido, como un rescoldo. De algún modo siento que encierra un PODER.

—*Mientras la mezas suavemente no se te arrimará ningún fantasma, igual que el aroma de la albahaca repele los mosquitos. Así podrás internarte en el dormitorio y llegar hasta mi cama.*

Regalos de fantasmas... Se me ha escapado un reso-
plido de resignación. ¿Por qué te dejas convencer, Juliette,
para meterte donde no te llaman?

—¿Dónde está el dormitorio?

—*En el sótano de la torre.*

—¿No había instalado allí Galissard su taller?

—*Lo desmontó para levantar el portal que nos trajo de vuelta de entre los muertos. Ahora se ha converti-
do en una tierra de nadie, entre la vida y la muerte, el
pasado y el presente, ocupado por un centenar de literas, donde dormitan los niños del orfanato.*

—Y pretendes que entre allí a saludar.

—*Con la campana nadie podrá hacerte daño, Juliette* —ha insistido.

—No me cuentes más.

—*Si consigo escapar no podrá cerrar el círculo y
jamás completará su conjuro.*

Mi silencio era espeso como un puré de potaje.

—*No me abandones aquí, por favor. No permitas
que me sometan al ritual.*

En las primeras páginas de este diario me admiraba de
lo bonitas que suenan algunas mentiras. Esta ni siquiera podía presumir de esa virtud. Lo que de verdad me sorprende
es que me la creyera a pies juntillas. Madame Vernou tenía
razón, no es lo mismo la plaza Le Fanu de día que de noche.
Y la mente, tampoco. La oscuridad aturde las neuronas. A
las doce del mediodía hubiera mandado a paseo a este espíritu con jeta de gelatina. ¡Y mi padre me tomó por un genio!
Qué boba he sido, qué rematadamente lela... Claro que el
miedo lleva días colocándome una venda sobre los ojos.

He salido de la habitación arrastrando las zapatillas,
con una vela temblona en una mano y la campanita de

marras en la otra. La casa hacía gala de un silencio insólito, como si el cuento se hubiera terminado. El rechinar de las juntas de la madera, ese runrún de fondo que bulle todas las noches, los susurros apenas adivinados, habían enmudecido. En sus habitaciones, monsieur Rastignac y madame Vernou dormían el sueño de los justos. He bajado las escaleras sumida en una calma artificiosa, como el ratón se acerca al queso acostado sobre una pinza de metal. Me cegaba la posibilidad de acabar con todo esto de una vez, aunque el medio resultara tan absurdo.

En la mano agito, sin poder evitar un estremecimiento, la campana de plata y plomo, ahuyentando los fantasmas. Cayendo en realidad en la trampa que me han tendido. Madame Vernou me lo dejó bien claro el primer día: «Aunque tengas un nido de pájaros en la cabeza, jamás aceptes un regalo de ELLOS. Ni siquiera un botón». Y quien dice un botón dice una campanilla.

Acepté el regalo de Mathias y ahora me he puesto en sus manos. El influjo de los niños germina y toma cuerpo. Una fosforescencia submarina emana de las paredes, chorrea por la espalda de los muebles y se vierte sobre la alfombra de la escalera, y aunque yo quiera escapar, mi voluntad ha quedado atada a la campana, y la campana me conduce hasta quien la forjó. Hasta el mago de la máscara de oro. ¿Quieres escapar? Pues ya es demasiado tarde, bonita. Habértelo pensado antes.

El niño-sombra mentía más que la gaceta. Que él no valga para el encantamiento no implica que no esté bajo el influjo de Galissard. Que al mago no le cuadren las cuentas no le impide reclutar a su víctima número cien a última hora. ¿No está el lugar encantado? ¿No arden de vez en cuando los libros y el chal de piel de rata de la señora Vernou? ¿A quién le extrañaría que una noche de estas ardiera una de las criadas?

A mi paso lento pero irreversible, y al son mudo de la campanilla, prende el fulgor bajo las rendijas de las puertas. Percibo el aleteo remoto de los cuervos en el barracón y las peleas infantiles que alborotan el cuarto de los juguetes. Y los gritos de madame Vernou y monsieur Rastignac que sufren la mala digestión de las pesadillas.

Una mano invisible, de hierro, me gobierna. Camino como una sonámbula sobre el parqué que he logrado transformar en un espejo a base de semanas de cera y esfuerzo, pero no soy la única que ha operado sobre él. Ahora brilla igual que una pista de caramelo y en su reflejo de bronce vislumbro otro espacio. Se abren a mis pies puertas y corredores distintos de aquellos que atravieso. En el barniz resplandece el edificio de antes de la reforma, el viejo caserón que albergó el orfanato. Allí donde las paredes encuentran el suelo, bajo el rodapié, cada imagen no coincide con su inversa. Mathias me advirtió: las malas artes de Galissard confunden el pasado y el presente de este lugar.

El espejismo reproduce el incendio de hace unas décadas, bajo el piso de caramelo las vigas vuelven a ceder a la glotonería del fuego, que devora a bocados la escalera que desciende hasta el sótano. Me acerco inexorablemente al primer y último acto del drama. En mi lado del espejo, donde la estructura de madera se sostiene intacta, la penumbra dibuja una perspectiva que termina en una puerta entreabierta. Mientras, en el reflejo, un niño observa petrificado esa misma puerta, cerrada. Los gritos que le llegan desde el otro lado lo aturden. Mathias duda entre descorrer o no el cerrojo que asegura la entrada y que resiste un alud de golpes desesperados. Las mil antorchas que lo rodean iluminan el rencor de su mirada, como si esta fuera el pedernal donde prendió la hoguera. Al final, da media vuelta y se aleja con una espantosa sonrisa castañeteándole entre los dientes.

Yo le tomo el relevo. La campana me arrastra hasta el taller de Galissard, en los cimientos del torreón. No está cerrado, la hoja cede con un suave empujón. Dentro reina la misma quietud que en el resto de la casa. Sobre los camastros, en hilera, sobresale el bulto de un centenar de cuerpos menudos, amortajados en sus mantas. Ni un ronquido, ni una respiración pesada, nadie murmura en sueños. Cuando la vista se acostumbra a la oscuridad advierto la fosforescencia que escapa bajo las sábanas. A la claridad de estas monstruosas luciérnagas distingo la litera vacía de Mathias. Sobre el colchón desnudo descansa un baúl de tela con tachuelas doradas.

Al levantar la cabeza descubro que he pasado a ser el centro de atención... de los NOVENTA Y NUEVE NIÑOS del dormitorio. O de aquello en lo que se convirtieron después del incendio. De las cuencas de sus ojos se derrama una luminosidad ciega de bengala. Se despojan de las mantas con el chasquido que deshoja las capas de una cebolla.

Adquiero la certeza de que, pase lo que pase a partir de ahora, esta noche la metamorfosis del fuego me volverá uno de ellos. En algún rincón de este subterráneo me aguarda el horno de Galissard, que una de las arañas del orfanato alimenta con una generosa carga de troncos.

Se me cae la campana.

* * *

CUANDO ESCRIBO ESTO YA SOY UN FANTASMA.

Domingo 9 de noviembre

¿No interrumpe la lectura, señor Galissard? La cosa está que arde (nunca mejor dicho). ¿A que sí? Recuerde que hoy es domingo, mi día libre. No sé si se ha percatado de que este diario no contiene una sola entrada los domingos. ¿Y sabe por qué? No crea que me da pereza escribir: aprovecho el día para frecuentar salones de lectura. De no existir y haber vivido en París, mi padre los hubiera inventado. Por veinticinco céntimos al día estos establecimientos ponen a tu alcance una cómoda butaca, buena iluminación y tantos libros sobre física y química que uno no podría leérselos todos ni aunque pusiera su empeño en ello...

Cuando ya me escuecen los ojos salgo a que me dé el aire... y me acerco paseando por la orilla del Sena hasta algún teatro. La cartelera de París ofrece espectáculos muy instructivos: el Teatro Óptico de monsieur Reynaud, el Gabinete de Sombras de Cavan D'Ache, el Teatro de Robert-Houdin... Entre los ilusionistas hay de todo, como en botica, pero hay que reconocer que usted se lleva la palma.

¿Qué tienen que ver mis dos secretas aficiones, la ciencia y la prestidigitación? Usted ya lo sabe: son primas hermanas. Los electroimanes clavan al suelo los hierros enterrados en las patas de una silla, los espectros se proyectan sobre lunas de cristal y las cabezas parlantes esconden el resto del cuerpo entre las esquinas de los espejos... Cualquiera confundiría los libros de óptica y electricidad de mi padre con un manual de magia potagia.

Pero no pretendo aburrirle con mis pasatiempos. Creo que tenemos una conversación pendiente. Si le parece podemos vernos esta tarde a mi regreso. ¿Le viene bien a eso de las siete? En su taller. Tengo curiosidad por conocerlo. He pasado muchas horas oyéndole cacharrear, evocando los sonidos que escapaban hasta el jardín desde las claraboyas del desván, en mi casa de Tissandier.

*   *   *

En efecto, el señor Galissard me esperaba. Había dejado la puerta entornada al pie de los escalones que desembocan en el sótano. Una luz cálida desbordaba el taller, dibujando un arco anaranjado que se rompía contra los últimos peldaños.

Este hombre mantiene intacta su capacidad para asombrarme. Al dejar a un lado la puerta, una batería de lámparas eléctricas alumbraba un tanque de agua, arrojando sobre las paredes un caleidoscopio de reflejos líquidos. La pecera, un cilindro de cristal de dos metros de altura, cobijaba un pez en claro peligro de extinción: Jules, el mozo de cuadra, en bañador, bocabajo y agarrotado en una espiral de cadenas. Mi presencia ha captado su interés, pero no ha permitido que alterase un ápice su concentración. Tiene las clavículas rotas, lo que le permite contorsionar los hombros como si fueran de goma. Ha maniobrado en torno a sus ataduras, imitando el tirón que deshace la lazada de unos zapatos, y los eslabones le han resbalado por los costados, incapaces de retenerlo.

Al emerger la cabeza, ha dejado escapar un géiser de agua y ha respirado hondo. Se ha encaramado a la escalerilla de un salto y ha bajado en un par de zancadas. Le he alcanzado el albornoz que colgaba del brazo de una de las lámparas.

—Gracias. Buenas tardes, Juliette.

En su mirada no quedaba un atisbo de apatía, ni del flequillo demoledor, como si alguien hubiera calcado los ojos de la máscara roja sobre el agradable rostro de Jules.

—¿Monsieur Galissard?

Ha inclinado la cabeza en una muestra de reconocimiento. Al fin, frente a frente. Mi diario estaba apoyado encima del óvalo de madera de una mesa de despacho, entre una colección de fósiles.

—¿Amena la lectura?

—Fascinante.

Me he tomado la libertad de sentarme en un sillón desvencijado, mientras esperaba a que terminara de secarse.

—Creo que tiene un montón de explicaciones que darme, y también de disculpas. Ordénelas a su gusto. Le escucho.

Después de secarse bien las orejas, Galissard ha comenzado a hablar. Por primera vez ha brillado su voz sin amenazas, en un maravilloso cantábile que armonizaba con la agitación movediza que el estanque pintaba en la bóveda del sótano.

—Me alegro de que te hayas aficionado al teatro. Seguro que has conocido maravillas que ni siquiera soñabas en Tissandier. ¿Sabes cuál es la mayor de todas? Que a estos parisienses tacaños no les duela gastarse dos francos a cambio de una hora en la que disfrutan de lo que la vida les niega el resto del tiempo: gente que vuela, que lee la mente, que es cortada en pedazos y luego se recompone. La curiosidad los convence de que desean descubrir el truco, pero no es cierto. La ilusión sobrevive mientras en algún rincón de su cabeza una vocecilla infantil les susurre que quizá, después de todo, están asistiendo a algo verdaderamente extraordinario. En cuanto se saben el truco, el efecto se marchita en la memoria. El encanto desaparece y se vuelve un mero acto de gimnasia.

Ha desaparecido detrás de un biombo y se ha proyectado contra la pantalla la sombra de dos pavos reales, que luchaban a picotazos sin darse cuartel.

—En este oficio, la magia dura lo que tarden tus ayudantes en abrir la boca y malvender tus secretos. No importa cuánto les pagues, te lo aseguro, nada sella sus labios. He llegado a sospechar que les atrae más el morbo de desbaratar un misterio que cualquier otra recompensa.

Han pasado solo diez segundos y ha surgido detrás del biombo, vestido de pies a cabeza, con el frac elegante que luce en sus actuaciones y tocado con un turbante de seda que resplandecía igual que el envoltorio de los bombones caros.

—Me traicionaron dos veces, en Berlín y en Edimburgo. En las dos ocasiones me robaron mis mejores trucos, la razón de que el público guardase cola durante horas a la puerta del teatro. Años de entrenamiento y de investigación tirados por la borda. ¿Sabes una cosa? Hasta el mago más chapucero de la barraca de feria más cutre de un villorrio de Marsella sabe ahora cómo levitar sobre una silla o cómo hablar con su propia cabeza después de separarla del cuerpo.

Por un momento, sus palabras han recuperado el filo cortante que lucían durante la cena de la torre, emboscadas tras una máscara.

—¿Te han traicionado alguna vez, Juliette? ¿Has visto cómo la persona en quien confiabas tu vida te dejaba en la estacada por el más mezquino de los motivos? Por dinero, por la emoción de sentirse importante unos minutos, en definitiva, por nada...

He tenido que confesarle que no, afortunadamente.

—Cuando me instalé en París lo hice con un propósito firme: no tropezar de nuevo con la misma piedra. Dejé de trabajar con ayudantes. Casi lo dijiste en tu diario, el miedo es el único antídoto contra la curiosidad. Así que protegí mi nuevo espectáculo con un muro de terror.

—¿Monsieur Rastignac y madame Vernou jamás se han olido la tostada?

—Ni siquiera me han visto la cara... como Galissard.

—¿Y por qué se quedó con el papel más soso de la función?

—¿Jules? Quería infiltrarme en las líneas enemigas. A través del mozo de cuadra me mantengo al día de todo lo que piensa la servidumbre. Sé si me estoy pasando de la raya o si empiezan a relajarse. Además mis sirvientes son, sin saberlo, mis primeros espectadores. En ellos ensayo ciertos efectos de mis números y Jules me sirve para recoger su reacción de primera mano.

He rascado la pelusa en los brazos de la butaca.

—Me imagino el mosqueo cuando me instalé aquí con un par de libros de electricidad bajo el brazo.

—Y visto lo visto me sobraban motivos. ¿Cuándo empezaste a sospechar?

—Fue la brújula. En cuanto se volvió loca supe que había gato encerrado... y que EL GATO ESTABA ELECTRIFICADO. Después del episodio de las sillas se despejó cualquier duda que pudiera albergar. Mi padre me había hecho mil demostraciones sobre la potencia de los electroimanes. Al día siguiente, en lo que iba a por la leche, me acerqué a un ferretero y le compré un imán... que se pegó a las patas de los muebles del comedor como una lapa. A partir de ese momento comprendí que todo era un circo. Estudiando en el gabinete de lectura y dándome un atracón de magia los domingos por la tarde terminé de atar los cabos sueltos.

—¿Por qué sabías que leía tu diario?

—Por las cartas del tarot. Una de dos: o aquella ridícula señora con un nido de golondrinas en la cabeza podía leer mi futuro o alguien se dedicaba a leer a hurtadillas lo que no era de su incumbencia, y después se tomaba la molestia de hacerlo realidad. Aproveché su curiosidad para que creyera que me mantenía aterrorizada, y que trabajaba como una burra, cuando en realidad me movía a mis anchas por la casa.

Galissard apenas ha retenido una risa entre los dientes, algo avergonzado por sus travesuras. He pasado al contraataque:

—¿Qué cara se le puso al leer que paseaba de noche por la casa con una campanilla ahuyenta-fantasmas?

—De espanto. Pensé que había forzado demasiado la máquina y que te habías vuelto loca.

—¡Pues pude haberlo hecho! Durante los primeros días pasé más miedo que vergüenza, monsieur Galissard. Y aun sabiendo que se trataba de una farsa, me he llevado dos o tres sustos de muerte. No sé si su público sale contento del teatro, pero a mí este jueguecito me ha parecido cruel y absolutamente innecesario. Me entran ganas de meterle en el horno, ahora que ya ha reunido su colección de máscaras.

Galissard ha sopesado bien lo que iba a decir a continuación. A modo de avanzadilla, ha esbozado la sonrisa más encantadora que haya visto amanecer en unos labios.

—Te entiendo, Juliette —a continuación ha ejecutado uno de sus trucos y la sonrisa se ha esfumado, dejando paso a una seriedad imponente—. No pretendía hacerte daño, solo me protegía de tu curiosidad. Además me atrevo a creer que en el fondo te he hecho un regalo. A los quince años ya sabes que puedes derrotar tus miedos. La mayoría de las personas vive aterrada, no tanto por aquello que pueda amenazarlos, como por el secreto temor a no saber afrontarlo. Tú eres muy joven y ya conoces la respuesta.

Sin avisar, ha regresado esa sonrisa endiablada.

—En cualquier caso, si me he portado mal contigo te ofrezco no una, sino dos reparaciones. Puedes elegir la que más te convenga. O meterme en el horno.

—No me tiente. Aunque ya oigo el tintineo de las monedas en su bolsillo...

Ha asentido.

—Suficiente dinero para que tu familia no vuelva a sufrir estrecheces y puedas vestir de nuevo las estanterías de tu padre con mil volúmenes de óptica y electricidad. Por cierto, no me atreví a quemar sus libros. Conozco el valor que tienen para ti.

No sé por qué han estado a punto de disparárseme las lágrimas cuando se ha acercado al escritorio y he visto cómo sacaba de un cajón los libracos intactos.

—¿La segunda?

—También dinero: un sueldo por que sigas trabajando para mí, pero lejos de los estropajos y las escobas. Actuar sin ayudante ha terminado limitando mis posibilidades más de lo que me gustaría admitir. Por desgracia, la inteligencia y la lealtad no se anuncian en los periódicos. Te las encuentras por azar y ahora que te has cruzado en mi camino no pienso desaprovechar la oportunidad. A cambio te enseñaría todo lo que sé: la ciencia que no te pudo explicar tu padre. Al menos en materia de física, química y autómatas disparatados.

—¿El precio incluye un turbante a juego y sonreír delante de trescientas personas mientras usted se mete en un horno descalzo? ¿También tendría que arrojarle el filete?

—Esa sería la parte aburrida. Si no terminas de pillarle el gusto al oficio, para cuando cumplas los veinte habrás recibido una formación científica de primera y podrás entrar en cualquier universidad al mismo nivel que el resto de los estudiantes. Y te aseguro que me sobran contactos para obligarles a que te admitan allí.

—Tengo una última pregunta que hacerle. La única que no sé responder.

—Dispara.

—¿Por qué cree que a mí no me van a comprar?

De nuevo esos ojos que no se detienen en la piel y bucean directamente en tus emociones...

—Porque tu padre era un hombre excepcional, Juliette. Igual que tu madre. Y porque monsieur Rastignac tenía razón: eres mucho más espabilada que aquellos que te precedieron. No necesitas vampirizar a nadie para sentirte especial. ¿Para qué robarme si tú misma puedes crear secretos tan valiosos como los míos?

Me he fijado entonces en el taller. Nunca había plantado un pie en este lugar y sin embargo todo me resultaba familiar: los bancos de trabajo atestados de bobinas de cable, de virutas de madera y esa arena fina de arandelas, clavos y tuercas; el desorden de las herramientas, los carretes de cobre, las tripas de los engranajes y las torrecitas de pilas de Volta. Papá se hubiera encontrado aquí tan a gusto como encaramado en lo alto de su desván.

Galissard ha leído toda la jugada en un parpadeo.

—Gracias, Juliette.

Me ha entrado un punto de chulería.

—Pues no haga que me arrepienta o será usted a quien le sobren motivos para arrepentirse.

Me ha ofrecido la mano y hemos cerrado el trato con un fuerte apretón.

—Esto significa, Juliette, que a partir de ahora tendrás que tutearme. ¿Sabes una cosa? Últimamente invierto bastante tiempo en una nueva afición.

—Hace calceta…

—Vivimos una época curiosa, la verdad. La ciencia y la tecnología exhiben el poder de la razón y, sin embargo, la gente se arroja en brazos de los charlatanes: psíquicos, telépatas, videntes… que saben escucharlos y a cambio sacarles hasta el último céntimo. El miedo domina a las personas. Incluso políticos de renombre adoptan decisiones que afectan al futuro de un país entero después de consultarlo en una bola de cristal.

—Eso sí que resulta aterrador.

—Por eso dedico mi tiempo libre a desenmascarar farsantes. Solo cuando el caso merece la pena, claro. ¿Te apetece salir de viaje? Con todos los gastos pagados, claro.

—¿Adónde?

—La señorita Shirley Jackson, de la Sociedad para la Investigación Psíquica Norteamericana, me ha escrito informándome de que a las afueras de San Francisco se alza una mansión cuya mera arquitectura resulta maligna. Has estado un mes fogueándote con una mansión encantada de pega. ¿Te apetece medirte con una de verdad?

* * *

Así que aquí estoy, encajonada de nuevo en una diligencia. En este caso, un coche particular con el escudo de una esfinge en cada portezuela. Galissard duerme a pierna suelta, reclinado entre los repliegues de la tapicería. Ha preferido dejarse el turbante en casa. Al final del camino nos espera el transatlántico que nos conducirá hasta América. ¿Alternaré allí por fin con fantasmas auténticos?

Ojalá. El plan no podría ser más divertido. Me muero de ganas por llegar.

¡Se acabó la última hoja! En Le Havre tendré que aprovechar un descuido para comprarme un diario nuevo. Solo dios sabe qué es lo que terminaré apuntando en él.

APÉNDICE

Michael Faraday

Si a Juliette se lo pusieron bien crudo para que se convirtiera en una gran científica, peor lo tuvo Michael Faraday (1791-1867). Perdió a su padre a una edad más temprana, a los nueve años, y tampoco pudo servirle de inspiración, ya que trabajaba como herrador de caballos. La familia era pobre de solemnidad y, aunque no tenían ni para pipas, se lo pasaban pipa gracias a que eran encantadores.

Con este panorama, a Faraday no le quedó otro remedio que aprenderlo todo solo. Para no hacerlo con el estómago vacío, entró a trabajar como aprendiz de encuadernador en la librería Ribeau, en Londres, y terminó interesándose más por el contenido de los libros que por sus cubiertas, sobre todo si sorprendía algún palabro esotérico entre sus páginas, como *electricidad*, *galvánico* o *hidrostática*. En su tiempo libre montaba experimentos con el presupuesto de un «todo a cien», para asegurarse de que lo que leía en los libros era cierto.

La curiosidad, y un amigo, lo colaron en un ciclo de conferencias que impartía Humphry Davy (1778-1829) en la *Royal Institution*. Davy era el James Bond de la química: atractivo, osado, amante de las explosiones y con licencia para matar, al menos para matarse a sí mismo, porque organizaba unos experimentos tan peligrosos que más de una vez estuvo a punto de envenenarse, quedarse ciego o saltar por los aires.

Davy experimentó, por ejemplo, con el gas de la risa y descubrió sus posibilidades anestésicas. Propuso aprovecharlas en las intervenciones quirúrgicas, pero la alta sociedad londinense prefería destinarlo a las fiestas para dar la nota y echarse unas risas. Le tomaron más en serio después de que aislase por primera vez el potasio, el sodio, el boro y el calcio. Ejercía tal fascinación en los demás que, en cuanto despegaba los labios, las multitudes se quedaban embobadas y se podían pasar horas escuchándole, a pesar de que solo les hablara de ciencia.

Como en el caso de los libros que encuadernaba, a Faraday le atraía más el contenido. Tomó unos apuntes tan buenos que cuando se los envió a Davy, que se recuperaba entonces de su última explosión, este lo contrató como ayudante de su laboratorio.

Si yendo por libre Faraday aprendía al galope, bajo la tutela de Davy alcanzó más revoluciones que un *Fórmula 1,* hasta el punto de que no tardó en eclipsar el brillo de su mentor. Su relación se deterioró. Davy perdía parte de su encanto cuando le llenaban los oídos con las alabanzas hacia su antiguo pupilo. Según le pillara el día, daba una de cal o una de arena: trató de evitar que nombraran a Faraday miembro de la *Royal Society*, pero lo recomendó para el puesto de director del laboratorio de la *Royal Institution*.

Faraday había llegado a un punto en el que nadie le podía enseñar ya nada: como en los viejos tiempos, tenía que sacarse las castañas del fuego él solito. Y vaya si lo hizo. Como las matemáticas no se le daban muy bien, se

Michael Faraday, una mente electrizante.

convirtió en el mejor científico experimental de la historia y revolucionó la física y la vida de todos los que nacimos después que él.

¿Te has fijado en cuántos aparatos eléctricos utilizas al día? Las lavadoras, los teléfonos, la televisión, los ordenadores, el sonido amplificado de cualquier aparato de música, los trenes modernos y la mismísima electricidad que entra sin preguntar por la puerta de tu casa son hijos del cerebro de Faraday.

El sueco Christian Oersted (1777-1851) ya había descubierto, en 1819, que cuando un cable conduce electricidad cerca de una brújula, su aguja imantada se desvía.

Faraday materializó doce años después el efecto inverso: generó electricidad agitando un imán en la proximidad de un cable. Acababa de regalarnos el 90% de la electricidad que consumimos. En las centrales eléctricas, el imán lo

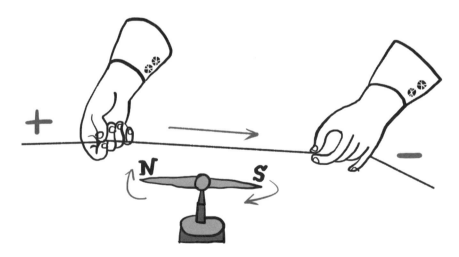

El experimento de Oersted.

pone en marcha un salto de agua, las aspas de un molino de viento, una reacción nuclear o la combustión del petróleo, el principio sigue siendo el mismo.

Poco después de anunciar su descubrimiento le fueron con el cuento de que para qué servía. Su respuesta, un poco a la gallega, fue: *¿Para qué sirve un recién nacido?* El bebé regordete que había dado a luz era nuestra moderna tecnología eléctrica, ahí es nada.

Faraday también se sacó de la manga el primer motor eléctrico, descubrió el benceno y el diamagnetismo. No satisfecho con ello, creó una de las herramientas más útiles de la física moderna: el concepto de *campo*, que es lo más parecido a un fantasma que podrás encontrar en un libro de ciencia.

Igual que un espectro asusta a sus visitas nocturnas y, a medida que se corre el rumor de sus apariciones, aterroriza a un montón de personas que nunca lo vieron, los imanes y las corrientes eléctricas distorsionan el espacio que los rodea y terminan afectando, en la distancia, a quienes no pueden verlos.

Y si no crees en la presencia de fantasmas ahí va un sortilegio para que se manifiesten:

- Hazte con un montoncito de limaduras de hierro (el modo más sencillo de reunirlas es limar un clavo).
- Atraviesa el centro de una hoja de papel con un cable y conecta sus dos extremos a una pila de petaca de 4,5 voltios.
- Esparce las limaduras de hierro sobre el papel, en torno al cable. Trata de distribuirlas uniformemente con golpecitos suaves en el canto de la hoja. ¿Se manifiesta o no una extraña presencia... circular?

Ahora, cada vez que observes un cable, recuerda que la electricidad que lo recorre perturba el espacio y que, si espolvoreases a su alrededor una lluvia fina de limaduras de hierro, se dibujaría en el aire una diana espectral.

Grandes éxitos de la magia en el siglo XIX

La cabeza decapitada

A finales del siglo XIX la magia y la ciencia eran como quien dice primas hermanas. La «cabeza parlante» que estremecía al público de París desde un sótano del boulevard de la Madeleine salió de la imaginación de un ingeniero, al que monsieur Talrich, director de un museo de cera de poca monta, se apresuró a comprar la idea. Hacía descender a sus clientes por una escalera ruinosa y mal iluminada, hasta un tenebroso subterráneo. En un recoveco, apoyada sobre una mesa, dormitaba una cabeza barbuda. En cuanto el guía le daba las buenas tardes, cobraba vida. Con voz cavernosa, repasaba las calamidades que la habían terminado separando del cuerpo. No era una historia alegre y... la gente salía entusiasmada.

Pronto la atracción se convirtió en un fenómeno y monsieur Talrich quintuplicó el precio de la entrada. El espectáculo apenas duraba cinco minutos. Algo incómodo por el precio, el público se quedaba con la sensación de que tenía derecho a más y cundió la costumbre de probar puntería con la cabeza: le arrojaban colillas, papelitos, piedrecitas... El decapitado no tardaba en reaccionar soltando toda suerte de improperios. Por desgracia, había espectadores con una puntería nefasta: al incidir

debajo de la mesa, los proyectiles rebotaban misteriosa-
mente en el aire: ¡había un espejo!

La cabeza, en realidad, no se había separado ni medio
segundo de su dueño. Pertenecía a un actor que escondía el
cuerpo detrás de dos espejos unidos en un ángulo de 90°.
La escena se disponía cuidadosamente, de tal manera que
el fondo y las paredes laterales mostraran el mismo aspecto.

Cuando los espectadores miraban el espacio bajo la
mesa, creían observar la pared de enfrente, pero en realidad estaban contemplando los reflejos de las dos paredes
laterales.

¡Era la óptica quien hacía de verdugo!

El espejo «a» refleja la pared de la izquierda, con un trozo de suelo, y el «b», la pared de la derecha.

Espectros en la ventana

Probablemente el *Egyptian Hall* (Salón Egipcio) de Piccadilly, también conocido como *el hogar del misterio en Inglaterra*, fuera el templo de la magia en tiempos de Galissard. Allí actuaron los mejores ilusionistas del mundo y los fantasmas se paseaban entre bambalinas como Pedro por su casa.

En una tarde cualquiera, podías tropezarte con escenas fantasmales como la que se muestra en la página siguiente.

El efecto en sí, sacado de su contexto fantasmagórico, resulta de lo más vulgar. En una habitación bien iluminada que da a una calle en penumbra, no te extrañaría observar cómo en el cristal de la ventana se superpone tu reflejo (el fantasma) a la imagen del exterior (el escenario).

¡Los carpinteros del *Egyptian Hall* tuvieron que sudar tinta china para reproducir el fenómeno en un teatro y frente al patio de butacas!

Un efecto óptico de lo más fantasmal.

El baúl de plomo

De existir alguien capaz de hacerle sombra al gran Galissard ese fue Robert-Houdin, el padre de la magia moderna. A estas alturas no te extrañará que escribiera *Magie et physique amusante* (Magia y física recreativa), un manual donde recomendaba vivamente la lectura de libros científicos.

Entre sus maravillosas invenciones figura *El baúl pesado*. Presentaba este número comentando que gracias a sus habilidades mágicas había perdido el miedo a los ladrones. Ahora almacenaba todo el dinero que ganaba en un sencillo baúl, que mostraba al público. Pedía a un espectador que comprobase su ligereza. A continuación extendía las manos y realizaba una *imposición magnética*. A partir de ese momento cualquier objeto que guardara allí, bajo llave, quedaría a salvo. Para comprobarlo le pedía al mismo espectador que tratara de sacarlo del escenario. A pesar de emplear a fondo sus fuerzas, el voluntario era incapaz de desplazar un solo milímetro la misma carga que antes había alzado sin pestañear.

Quizá la ejecución más sorprendente de este truco la realizó Robert-Houdin en Argelia, que por aquel entonces estaba bajo dominación francesa. Allá por el siglo XIX la moda imperialista causaba furor entre los europeos. Todos los países querían ampliar sus dominios y se marchaban corriendo a África o Asia para arrebatarles el territorio a unos sorprendidos nativos. Un plan que no hizo demasiada gracia a los argelinos. Las autoridades francesas encontraron que los magos árabes animaban con sus portentos a la resistencia y decidieron chafarles la fiesta enviando a Robert-Houdin en misión especial.

El mago empezó parando disparos con los dientes y acabó hechizando a los argelinos. Les mostraba una caja vacía y pedía a un niño que la levantase, cosa que este hacía sin esfuerzo. A continuación desafiaba al más fornido entre los soldados árabes a que hiciera lo mismo. Para espanto de sus compañeros, después de mucho forcejear, de sudar y maldecir la caja, el hombre se derrumbaba en el suelo, agotado. ¿Para qué luchar contra los franceses, si aquel brujo era capaz de reducir sus ejércitos a un hatajo de blandengues?

Robert-Houdin no hubiera podido desplegar sus bravatas sobrenaturales antes de 1823, año en el que el inglés William Sturgeon inventó el electroimán: un superimán que se encendía y apagaba a voluntad. El baúl del mago estaba forrado de hierro y bajo el piso del escenario había escondido un electroimán... y un ayudante. Si este conectaba la corriente, el dispositivo atraía con fuerza la chapa metálica y no había manera de despegarlos. Si la desconectaba, hasta un niño se ponía la caja de sombrero. ¿No pasaba algo parecido con los muebles de la mansión de Galissard?

El primer electroimán de Sturgeon.

El electroimán

Nos guste o no, nuestros hogares están poblados de fantas-mas electromagnéticos. Presencias invisibles que nos lavan la ropa, calientan nuestra comida, nos permiten hablar con personas que no vemos, nos protegen del frío en invierno y nos alivian del calor en verano, nos cantan al oído con la voz de nuestros cantantes favoritos... La lista no es interminable, pero sí larguísima. Vamos a detenernos en una criatura par-ticularmente esotérica, que se agazapa en multitud de elec-trodomésticos: el electroimán.

El mecanismo descubierto por Sturgeon exhibía una maravillosa simplicidad: un cable cualquiera se convierte en un imán en cuanto formas un lazo con él y lo atraviesa una corriente eléctrica. Si sumamos lazos a lo largo de una es-piral, aumenta el poder del imán, y ya no te cuento si ade-más situamos en su corazón una barra de hierro.

El propio Sturgeon no pasó por alto la potencia de atracción de su nuevo artilugio, muy superior a la de los imanes permanentes que se hallan en la naturaleza. Sus primitivos montajes ya eran capaces de levantar cargas que superaban su propio peso. Hoy en día, suspendidos de una grúa, se utilizan en los desguaces para levantar coches o separar piezas metálicas y reciclarlas.

Electroimán
moderno

Controlando el flujo de la corriente se puede ajustar la fuerza a gusto del consumidor. Los electroimanes se llegaron a utilizar para desprender las diminutas esquirlas de hierro incrustadas en el ojo de un obrero que había sufrido un accidente.

La alianza de un imán permanente y un electroimán dio pie a uno de los matrimonios mejor avenidos de la historia de la tecnología. Basta con ponerlos frente a frente y modificar el flujo de la corriente para construir un control remoto extremadamente sensible. Tomemos por ejemplo un altavoz:

¿Te has fijado alguna vez en cómo se desplaza hacia delante y hacia atrás la membrana en forma de cono de un bafle? El responsable del estremecimiento es un electroimán. La música, codificada en impulsos eléctricos, circula por la espiral del cable, imponiendo el mismo ritmo al imán permanente, que lo transmite al cono. El vaivén comprime y relaja el aire que encierra la membrana, y así se origina la música.

Invocar a un fantasma electromagnético

Después de tanto oír hablar de los electroimanes habrá que construir uno, a ver qué tal se portan.

La broma te saldrá por unos tres euros. Con esta pequeña fortuna podrás reunir lo necesario para repetir la hazaña de William Sturgeon:

- Una pila de petaca de 4,5 voltios.
- Un tornillo de unos 50 mm de largo, con su tuerca.
- Unos 3 metros de cable fino.

Procedimiento:

Envuelve el tornillo en una banda de papel, sujétala con un celo y fija la tuerca en el extremo, enroscándola un par de vueltas.

Enrolla el cable, empezando desde la cabeza, en una espiral apretada en torno al papel. Al llegar a la tuerca monta otra capa y arrolla el cable ahora en dirección hacia la cabeza. Trata de completar una tercera capa regresando hasta la tuerca. Debes dejar dos extremos de cable sin enrollar con una longitud de unos 20 cm.

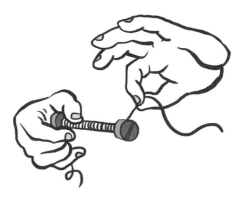

Conecta los extremos de cable a la pila, con ayuda de dos clips. El electroimán quedará listo para hacer de las suyas. Prueba su potencia con cualquier objeto que contenga hierro, como los propios clips, unos clavos, tornillos...

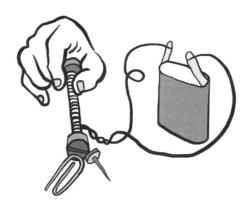

Puedes jugar con la fuerza del electroimán aumentando o disminuyendo el número de vueltas del cable, o aumentando la corriente, incorporando una segunda pila al montaje:

Con la ayuda de un imán permanente puedes comprobar si el electroimán presenta también dos polos. Recuerda que si coinciden, polos opuestos se repelen, si son semejantes, se atraen.

ADVERTENCIA: con el paso de la corriente los cables se calientan, así que ten cuidado al tocar las conexiones y desconéctalas de vez en cuando para que se enfríen. Aunque en este caso se trata de pilas (con voltajes pequeños) no olvides nunca actuar con precaución cuando manejes corrientes eléctricas.